N & K

Charles Lewinsky

Zehnundeine Nacht

Nagel & Kimche

1 2 3 4 5   12 11 10 09 08

© 2008 Nagel & Kimche
im Carl Hanser Verlag München
Herstellung: Andrea Mogwitz und Rainald Schwarz
Satz: Satz für Satz. Barbara Reischmann
Druck und Bindung: Friedrich Pustet
ISBN 978-3-312-00419-5
Printed in Germany

Der Sultan wollte wissen, wie die Geschichte weiterging, und beschloss deshalb, Scheherazade noch einen Tag länger am Leben zu lassen.

Geschichten aus Tausendundeiner Nacht

Der Palast

Das Gebäude war einmal ein Hotel gewesen. Nie ganz so vornehm, wie es sich zu seinen besten Zeiten gab, aber immerhin. Die Leuchtbuchstaben an der Fassade hatte man abmontiert. Ihre Umrisse waren lesbar geblieben: PALACE.

Man konnte hier immer noch leben, auch wenn es nicht danach aussah.

Vor Jahren, bei einer Auseinandersetzung, an die sich manche Bewohner noch erinnerten, war die große Scheibe des Haupteingangs zu Bruch gegangen. Man hatte den Rahmen mit Brettern zugenagelt, und seither gab es nur noch die alte Lieferantenpforte hinten im Hof. Nicht leicht zu finden, aber wer hierhergehörte, kannte den Weg, und Fremde waren nicht erwünscht. Man öffnete die Metalltür, die immer nur angelehnt war, und durchquerte die Küche, wo Linien aus grünem Schimmel die Umrisse längst abtransportierter Herde an die Wand zeichneten. Von dort kam man, auf dem Weg, den früher die Kellner genommen hatten, in den Speisesaal, wo das Skelett eines Kronleuchters von der Decke hing. Die geschliffenen Glasprismen hatte jemand sorgfältig abgelöst. Käufer finden sich für alles.

Dann ging man durchs Foyer, wo an den Säulen Fahrräder lehnten, keins davon vollständig. Ein mit leeren Flaschen gefüllter Kinderwagen wartete schon seit Jahren auf den Abtransport. Auf dem verwaisten Tresen des Portiers standen, sorgfältig in Reih und Glied ausgerichtet, mehrere Paar ausgetretener Schuhe. Ein Kugelschreiber baumelte ohne Mine an seiner Metallspirale. Meldescheine wurden hier schon lang nicht mehr ausgefüllt. Trotzdem waren die Zimmer auf den vier Etagen fast alle vermietet.

Im Treppenhaus lag noch ein verblichener roter Läufer. Manche der Messingstangen, mit denen er einmal befestigt gewesen war, hatten sich gelöst. Man musste die Füße sorgfältig setzen, um nicht zu stolpern. Der Aufzug war defekt.

Die Flure sahen auf allen Etagen gleich aus. Immer zwischen zwei Türen ein helleres Viereck an der Wand. Jemand hatte in diese leeren Rahmen abgehängter Bilder mit sorgfältiger Kinderschrift hineingeschrieben, was dort einmal zu sehen gewesen war: Florenz, Paris, der Strand von Rio de Janeiro.

Manche Gäste lebten nur für ein paar Tage im *Palace*, andere schon seit Jahren. Man konnte den Unterschied an den Türen erkennen. Wer hier länger zu Hause war, hatte meist mehrere Schlösser angebracht.

Die Miete zahlte man in bar. Die Männer, die das Geld einsammelten, kamen immer zu zweit.

Die Prinzessin hatte ein Doppelzimmer, was nicht viel bedeutete. Es war nur wenig größer als die andern, lag aber zur Straße und nicht zum Hinterhof hin und war dadurch ein bisschen heller. Ihr war das egal. Tagsüber schlief sie meistens. Sie hatte ein eigenes Badezimmer, und das war wichtig in ihrem Beruf.

Die Möbel hatte sie sich im Lauf der Jahre selber angeschafft oder schenken lassen, mit so wenig Interesse, dass nicht mehr als das Nötigste zusammengekommen war. Ein Bett natürlich, breit genug für zwei, aber doch so schmal, dass man darin auch allein sein konnte, ohne dass einem etwas fehlte. Ein Nachttisch mit Marmorplatte. Zwei Stühle, auf denen Besucher ihre Kleider ablegen konnten. Ein Schrank und darauf der große Koffer, den sie irgendwann einmal packen würde, um wegzufahren und nicht wiederzukommen.

An den Wänden hatte sie Ansichtskarten befestigt, Landschaften mit Wasserfällen und Sonnenuntergängen. Wenn jemand die bunten Bilder von der Wand genommen und umgedreht hätte, wäre ihm aufgefallen, dass keine Grüße auf den Karten standen. Sie hatte sie sich selber mitgebracht, in der Zeit, als sie sich noch Urlaube leisten konnte. Aber niemand drehte die Postkarten um.

Auch der Teppich stammte von einer Reise. Manchmal erinnerte sie sich daran, wie bunt er einmal gewesen war. Er vertrug das Sonnenlicht nicht, und das konnte sie verstehen.

Es war kein schönes Zimmer. Der Teppichboden hatte Brandlöcher, und die Decke war voller Wasserflecken. Einmal hatte sie einen Eimer mit weißer Farbe gekauft, um sie neu zu streichen. Sie hatte sich nie aufraffen können, mit der Arbeit zu beginnen. Der Eimer stand seither im Bad und war im Weg. Die Farbe darin war längst eingetrocknet.

Das Fensterbrett war, von irgendeinem Vormieter her, verbreitert, so dass man auch daran essen konnte. Über ihren Teller hinweg hätte sie auf die Straße sehen können, aber sie ließ die Vorhänge meist geschlossen. Es gab da nichts Sehenswertes.

Sie kannte das *Palace* noch aus seinen besseren Tagen, die

auch nicht gut gewesen waren. Die Lage war damals für ihren Beruf günstig, nicht nur wegen der Nähe zum Bahnhof, sondern vor allem wegen der vielen Lokale im Quartier, wo sich immer genügend Kunden fanden.

Damals.

Aus den rotplüschigen Bars waren unterdessen ganz gewöhnliche Kneipen geworden, voller Betrunkener, die ihr knappes Geld lieber in die nächste und die übernächste Flasche investierten. Und an jeder Ecke lauerte die Konkurrenz der kleinen Mädchen, die für die Hoffnung auf den nächsten Schuss in jedes Auto stiegen. Die guten Zeiten waren längst Vergangenheit.

Die Zeiten, in denen man noch von einer Zukunft hatte träumen können.

Damals.

Damals war sie schwanger geworden, es war länger her, als sie sich gern eingestand. Sie hatte Pläne geschmiedet, vom Aussteigen und Auswandern und von einem neuen Leben. Hatte den großen Koffer gekauft. Dann hatte sie das Kind wegmachen lassen und sich eingeredet, es sei am besten so.

Es war nicht am besten gewesen, aber wer sich an alte Hoffnungen erinnert, ist selber schuld. Man träumt dann nur schlecht.

Die Prinzessin war älter geworden, das ließ sich nicht verleugnen. Wenn sie sich im Spiegel betrachtete, war ihr das eigene Gesicht nicht mehr vertraut, und doch konnte sie sich mit jedem Tag weniger davon überzeugen, dass es einmal anders gewesen war. Vielleicht lag es am Spiegel. Er hing schon lang da und hatte blinde Flecken.

Vielleicht lag es auch an ihr.

«Du hast müdes Fleisch», hatte ihr ein Kunde einmal gesagt, und sie hatte ihm nicht widersprochen.

Sie war müde.

Die Freier waren weniger geworden, und die paar, die noch den Weg durch den Lieferanteneingang fanden, suchten bei ihr nicht mehr dasselbe wie früher. Keine Aufregungen und Abenteuer, sondern Beruhigung und Trost. Je gewöhnlicher sie waren, desto mehr brauchten sie die Bestätigung, besondere Menschen zu sein, mit Schicksalen, wie sie außer ihnen nie jemand hatte erdulden müssen. Die Prinzessin hielt sie in den Armen und half ihnen dabei, sich zu belügen. Sie erfand ihnen Wirklichkeiten, in denen sie sich zu Hause fühlen konnten. Erzählte ihnen all die Geschichten, die sie gern hören wollten.

Das Erzählen ersparte ihr manch anderes, und darum gab sie sich Mühe damit.

Trotzdem waren irgendwann kaum noch Kunden übriggeblieben. Nur einer, nicht der angenehmste, kam regelmäßig. Meistens bezahlte er sogar. Es war ihr eigener Fehler, das gestand sie sich ein. Sie hätte sich mehr bemühen müssen. Attraktiver bleiben. Aber sich Geschichten auszudenken war einfacher.

Ihre erste Begegnung war ein Zufall gewesen. Er hatte Geschäfte im Hotel, so wie er überall Geschäfte hatte, und jemand hatte ihm von ihr erzählt. Wohl nicht allzu viel Gutes, aber das passte ihm gerade. Er hatte selber einen schlechten Ruf und war stolz darauf. Auch seine besten Zeiten waren vorbei.

Außerdem brauchte er jemanden, der sich vieles gefallen ließ.

Beim ersten Mal besuchte er sie wie einer, der das gar nicht nötig hat. Der einer Laune nachgibt, weil er sich das leisten kann. Aber schon bald kam er so selbstverständlich zu ihr, wie man nach Hause kommt. An den Ort, wo man hingehört.

Die wichtigsten Dinge, die man so braucht, hatte er bei ihr deponiert. Eine Zahnbürste, einen Pyjama und seinen billigen Whisky. Er hätte sich auch den teuersten leisten können, aber an den anderen war er nun mal gewöhnt.

Manchmal blieb er sogar die ganze Nacht.

Er nannte sie Prinzessin, weil man ihn im Kiez den König nannte, eine Bezeichnung, die er trug wie die Narbe einer siegreich beendeten Schlägerei. Seine Erklärung dafür, wie er zu diesem Beinamen gekommen war, blieb nicht immer dieselbe. Sie machte ihn nicht darauf aufmerksam. Es war nicht ratsam, ihm zu widersprechen.

Er schlug sie nicht allzu häufig, und wenn, tat es ihm hinterher leid, und er machte es wieder gut. Das half ihr, die Miete zu bezahlen.

Er kam auch nicht deswegen, zumindest nicht immer, sondern um sich Geschichten erzählen zu lassen. Passend zu seiner Laune und nie zweimal die gleiche.

Sie nahm sich immer wieder vor, sich die Geschichten vorher auszudenken, aber meistens vergaß sie es. Zum Glück war er gar nicht so schwer zufriedenzustellen.

Solang sie nur erzählte.

Die erste Nacht

«Es war einmal ...», sagte die Prinzessin.
«Hast du etwas zu essen da?», fragte der König.
«Tut mir leid.»
«Egal», sagte der König. «Ich kann mir ja nachher eine Pizza bestellen.»
«Es war einmal ein Mann», fing die Prinzessin noch einmal an, «der wollte sich umbringen. Er ging also zum nächsten U-Bahnhof und stellte sich an den Rand des Bahnsteigs, ganz am Anfang, dort wo die Züge gerade erst aus dem Tunnel kommen und deshalb noch viel Geschwindigkeit haben. Das Sterben würde dann schneller gehen, hatte er sich ausgerechnet.»
«Wenn ich einmal fällig bin», sagte der König, «will ich das nicht vorher wissen. Einfach umfallen, und, peng, das war's. Am besten im Bett mit einer Frau. Ein letzter Schuss, und dann ist Schluss. Hast du wenigstens ein Stück Schokolade?»
«Ich mag keine Süßigkeiten.»
«Manchmal frage ich mich, warum ich überhaupt herkomme.»
«Wegen meiner Geschichten», sagte die Prinzessin.
«Dann quatsch hier nicht rum», sagte der König, «sondern fang endlich an zu erzählen.»

«Ganz wie du willst», sagte die Prinzessin. «Es war also einmal ein Mann, der wollte sich umbringen.»

«Warum?», fragte der König.

«Braucht es dazu einen Grund?»

«Eigentlich nicht», sagte der König. «Ich weiß nur gern Bescheid.»

«Sagen wir: Er hatte alles verloren, was ihm wichtig gewesen war. Seine Frau, sein Kind, seine Wohnung. Reicht dir das?»

«Das reicht», sagte der König. «Jetzt kann ich ihn mir vorstellen: ein typischer Loser.»

Die Prinzessin fuhr mit ihrer Geschichte fort. «Der Mann stand also an der Bahnsteigkante und wartete auf den nächsten Zug. Einen ersten hatte er vorbeifahren lassen, weil er glaubte, er habe im Führerstand jemanden mit langen Haaren gesehen. Einer Frau wollte er die Umstände, die so ein Selbstmord mit sich bringt, nicht antun.»

«Ich sag's ja: ein Loser.»

«Die nächste Bahn näherte sich. Dem Mann fiel auf, dass der Beschluss, sich umzubringen, sein Gehör geschärft hatte. Noch vor allen anderen Wartenden konnte er das ferne Rattern der Lokomotive erkennen. Er ließ es lauter werden und noch lauter. Auf gar keinen Fall wollte er zu früh springen. Er hatte Angst, dass der Zug sonst vielleicht noch bremsen und ihn nur zum Krüppel machen würde.

Um den richtigen Augenblick zu erwischen, konzentrierte er sich auf einen Fetzen Zeitungspapier, der genau in der Öffnung des Tunnels auf den Schienen lag. Die Luftsäule, die jeder Zug vor sich her treibt, würde ihn in die Höhe wirbeln, im letzten Moment bevor die Lokomotive aus ihrem Loch kam. Das würde sein Signal sein. Dann würde er springen.

Ringsumher hatten jetzt auch alle anderen den Zug gehört, fassten ihre Einkaufstüten und Aktentaschen fester und machten sich zum Sturm auf die Türen bereit. Der Mann bemerkte nichts davon, starrte nur auf den Zeitungsfetzen, und als der losflatterte wie ein lebendiges Wesen, als habe er die herannahende Bahn zu spät entdeckt und versuche jetzt verzweifelt, sich vor ihr in Sicherheit zu bringen, als das Geräusch der Lokomotive schon zu einem Brüllen angeschwollen war, da setzte er sich in Bewegung, sprang mit all seinen Kräften ...»

«... und war tot», sagte der König. «Das wird eine verdammt kurze Geschichte. Außer es kommen Gespenster drin vor.»

«Nein», sagte die Prinzessin. «Er war nicht tot. Eine Hand hielt ihn an der Schulter fest, so dass er zwar stolperte, aber nicht über die Kante hinaus geriet. Und dann hörte er eine Stimme, die sagte: ‹Das hätte ein böses Unglück geben können.›»

«Ein Schutzengel», sagte der König.

«Ein gewöhnlicher Mann, der nur ganz zufällig hinter ihm gestanden hatte.»

«Ich hätte ihn springen lassen», sagte der König.

«Ich weiß», sagte die Prinzessin.

Der König sah sich im Zimmer um. «Und du hast wirklich nichts zu essen da?»

«Ein Glas saure Gurken muss noch irgendwo sein.»

«Ich bin doch nicht schwanger», sagte der König verächtlich.

«Soll ich dir was besorgen?», fragte die Prinzessin.

«Später», sagte der König. «Jetzt will ich erst die Geschichte hören. Auch wenn sie bisher ganz schön trist war.»

«Sie hört lustig auf», sagte die Prinzessin. «Das verspreche ich dir.»

Der König streckte sich auf dem Bett aus. «Wir werden sehen», sagte er.

«Der Mann, der sich nicht hatte umbringen dürfen, schaute sich seinen Retter ohne Dankbarkeit an. Es war nichts Auffälliges an ihm. Ein Bürotyp in Anzug und Krawatte. Gedeckte Farben. Mittleres Kader. Nur seine Brille hatte eine auffällig bunte Fassung. Wahrscheinlich hatte seine Frau sie ausgesucht.

‹Geht es Ihnen gut?›, fragte der Mann.

‹Nein›, sagte der Gerettete. ‹Ich lebe noch.›

‹Das tut mir leid›, sagte der Mann automatisch. Er hatte wohl nicht richtig zugehört. ‹Aber jetzt müssen Sie mich entschuldigen.› Er rannte los und konnte sich gerade noch in die Bahn zwängen, bevor die Türen zugingen.

Der Lebensmüde sah ihm nach, traurig und ein bisschen wütend. Mit diesem einen missglückten Versuch hatte er all seine Energie verbraucht. Seine Verzweiflung war abgenutzt. Für einen zweiten Anlauf würde ihre Kraft nicht reichen. Er wandte sich zum Gehen, zurück zu den Rolltreppen, und stolperte dabei über etwas. Es war ein teurer Aktenkoffer, den sein Retter in der Aufregung des Augenblicks hatte stehenlassen. Er bückte sich danach, öffnete ihn und fand darin ...»

«Das ist ein fauler Trick», unterbrach der König. «In dem Koffer ist natürlich ein dicker Stapel Banknoten. Damit wird er reich und kann sich eine viel jüngere und schönere Frau leisten als die, die ihm davongelaufen ist. Die bringt einen Satz neue Kinder zur Welt, und sie leben glücklich und zufrieden bis an ihr Lebensende. Happy End. Ist dir wirklich nichts Besseres eingefallen? Du hast den ganzen Tag Zeit gehabt.»

«Nein», sagte die Prinzessin, «die Geschichte geht anders. In dem Koffer war kein Geld. Nur ein paar uninteressante Geschäftspapiere, eine Zeitung, ein Foto, das eine Frau mit einem Baby auf dem Arm zeigte, eine Agenda und ein sorgfältig wieder eingewickeltes, angebissenes Sandwich. Der Mann war wohl satt gewesen, aber zu sparsam, um den Rest einfach wegzuschmeißen. Der verhinderte Selbstmörder aß das Sandwich zu Ende, obwohl es ihm nicht schmeckte. Er hatte Hunger.»

«Wie ich», sagte der König.

«Der Lebensretter war unterdessen nach Hause gekommen, hatte seine Frau geküsst, im Kinderzimmer zu seinem Söhnchen ‹Kutschikutschiku› gesagt und es dann zum Wickeln weitergereicht. Er hatte seine Schuhe aus- und die Pantoffeln angezogen. Jetzt sagte er alle paar Minuten zu seiner Frau, das Versehen sei zwar unangenehm, aber er mache sich deswegen keine wirklichen Sorgen. In der Agenda stünden ja vorne drin sein Name und seine Adresse, ‹Finderlohn selbstverständlich› habe er eigenhändig daneben vermerkt, da sei es doch vernünftigerweise zu erwarten, dass ihm bald jemand den Aktenkoffer zurückbringen werde. Jedes Mal, wenn er das sagte, antwortete seine Frau: ‹Da hast du sicher recht.› Die beiden waren schon einige Jahre verheiratet.

Dann hatte der Kleine sein Abendfläschchen ausgetrunken, sein Bäuerchen gemacht und war eingeschlafen. Die Eltern setzten sich gerade zum Abendessen, als es an der Wohnungstür klingelte. Die Frau ging öffnen. Ein Mann, den sie nicht kannte, stand im Treppenhaus, hatte den Aktenkoffer ihres Mannes in der einen und eine vollgestopfte Plastiktüte in der andern Hand. ‹Wo kann ich mir vor dem Essen die Hände waschen?›, sagte der Mann.»

«Einfach so?», fragte der König.

«Einfach so», sagte die Prinzessin. «Er wartete auch gar nicht darauf, in die Wohnung eingeladen zu werden, sondern drückte der Frau den Aktenkoffer und die Tüte in die Hände und trat ein. Dem Ehemann, der immer noch am Esstisch saß, nickte er durch die offene Tür zu wie einem alten Bekannten und verschwand dann, nachdem er zuerst aus Versehen die Kinderzimmertür geöffnet hatte, im Bad.

‹Er hat dir deinen Aktenkoffer gebracht›, sagte die Frau.

‹Genau wie ich erwartet habe›, sagte ihr Mann.

Sie hörten die Klospülung rauschen. Dann trat der Besucher ins Wohnzimmer. Beim Hereinkommen wischte er sich die feuchten Hände an der Hose ab. ‹Ich wusste nicht, welches Handtuch ich benutzen sollte›, sagte er. ‹Ich möchte Ihnen keine Umstände machen.›

Er rückte sich einen Stuhl zurecht, wieder ohne dass ihn jemand dazu aufgefordert hätte, und setzte sich zu ihnen.

‹Danke für den Koffer›, sagte der Hausherr.

Der Fremde nickte und sagte: ‹Ich kann gut verstehen, dass Sie Ihr Sandwich nicht aufgegessen haben. Zu viel Mayonnaise, das ist nicht gesund. Satt bin ich davon auch nicht geworden. Wenn ich die Hausfrau also um ein Gedeck bitten dürfte?›

Als sie nicht reagierte, nickte der ungebetene Gast ein zweites Mal, so als ob er nichts anderes erwartet hätte, und erklärte höflich: ‹Ich wäre schon zwei Stunden tot, wenn sich Ihr Mann nicht eingemischt hätte. Also ist er jetzt für mich verantwortlich.›»

«Und sie haben ihn nicht rausgeschmissen?», fragte der König.

«Sie wussten nicht, wie sie es anstellen sollten. Die Frau holte einen Teller aus der Küche, Besteck und eine Serviette, und der Mann legte dem unerwarteten Gast Kartoffeln vor, Salat und einen Rollmops. Hausmannskost.»

«Rollmöpse», sagte der König sehnsüchtig. «Die habe ich schon als Kind geliebt. Aber ich darf sie mir nie bestellen, weil die anderen sonst denken, ich könne mir nichts Teures leisten.»

«Dem Besucher schmeckten sie nicht. ‹So etwas müssen Sie nicht jeden Tag servieren›, sagte er zur Hausfrau. ‹Wenn ich am Abend stark gesalzene Sachen esse, kriege ich in der Nacht Durst, wache alle paar Stunden auf und muss mir etwas zu trinken holen. Das wäre störend für Sie, und ich möchte ja auch nicht den Kleinen wecken. Wie gesagt, ich will Ihnen keine Umstände machen.›»

«Dem hätte ich aber die Tür gezeigt», sagte der König. «In den Arsch getreten hätte ich ihn.»

«Zu dir wäre er nicht gekommen», sagte die Prinzessin. «Weil du ihn am Bahnsteig ja hättest springen lassen.»

«Auch wieder wahr», sagte der König.

«Sie improvisierten ihm ein Bett in dem kleinen Zimmer, das der Hausherr sein Büro nannte, obwohl er den Computer auf dem alten Schreibtisch nur benutzte, um elektronische Patiencen zu legen. Es gab dort ein Sofa, nicht wirklich bequem und eigentlich zu klein für einen erwachsenen Mann. Aber der Besucher beschwerte sich nicht, entschuldigte sich nur sehr korrekt für die Mühe, die sie mit ihm hätten, vor allem da er seinen Gastgeber auch noch bitten müsse, ihm einen Pyjama zu leihen. In seiner Plastiktüte sei nicht sehr viel mehr drin als ein bisschen Unterwäsche und eine Zahnbürste.

Als die Frau in der Nacht einmal aufstand, um nach dem Baby zu sehen, hörte sie den Gast leise schnarchen. Sonst störte er sie nicht weiter.»

«Schnarche ich eigentlich?», fragte der König.

«So laut, dass man daneben nicht schlafen kann», sagte die Prinzessin.

«Du sollst auch nicht schlafen, wenn ich da bin», sagte der König. «Dafür bezahle ich dich nicht.»

«Als die Frau am nächsten Morgen aufstand», erzählte die Prinzessin weiter, «saß der fremde Mann bereits in der Küche am Tisch und bat sie, sein Ei, wenn es keine Umstände mache, exakt viereinhalb Minuten lang zu kochen. ‹Ich weiß nicht warum›, sagte er, ‹aber es ekelt mich, wenn es noch halb flüssig ist.› Während sie sein Frühstück zubereitete, betrachtete sie ihn unauffällig. Der blauweiß gestreifte Pyjama stand ihm besser als ihrem Mann, fand sie.

Der war wieder einmal zu spät aufgestanden und trank nur schnell im Stehen eine Tasse Kaffee, während er sich von seiner Frau die Krawatte binden ließ. ‹Der Kaffee ist viel zu heiß›, sagte er, und sie antwortete wie jeden Morgen: ‹Tut mir leid.› Er hatte es so eilig, dass er nicht einmal die Zeit fand, zu seinem Kind ‹Kutschikutschiku› zu sagen. Unter der Tür, das Aktenköfferchen schon in der Hand, blieb er noch einmal stehen und fragte den Mann am Küchentisch, wie lang er bleiben wolle.

‹Ich will überhaupt nicht bleiben›, antwortete der Mann. ‹Ich will tot sein. Aber Sie mussten sich ja einmischen.›

Als sie dann allein waren, wollte der Gast sein Frühstücksgeschirr abräumen. Die Frau ließ das nicht zu. Sie bot ihm an, seine Jeans und sein Hemd zu waschen und das Brandloch in seinem Pullover zu stopfen, wo einmal die glühende Spitze einer Zigarette draufgefallen war. Er könne sich ja so lang etwas von den Sachen ihres Mannes aussuchen, dessen Kleiderschrank sei übervoll, und vor allem die helleren Anzüge ziehe er nie an. Sie müssten in etwa dieselbe Größe haben, meinte sie.

Der Mann wählte einen beigen Sommeranzug, ein hellblaues Hemd und eine dunkelblaue Krawatte. Seine ausgetretenen Schuhe sahen sehr unpassend dazu aus, aber zum Glück hatte er auch die gleiche Schuhgröße wie der Hausherr. Er solle doch ein bisschen spazieren gehen, meinte die Frau, das würde ihm bestimmt guttun. Aber er solle unbedingt einen Mantel anziehen.

In der Tasche des Mantels fand er einen vergessenen Zwanzig-Euro-Schein und kaufte davon einen Blumenstrauß. Gelbe Rosen, ihre Lieblingsblumen.»

«Was sind deine Lieblingsblumen?», fragte der König.

«Gelbe Rosen», sagte die Prinzessin.

«Du hast einen Scheißgeschmack», sagte der König. «Rosen müssen rot sein.»

«Die Flecken waren aus den Jeans nicht rausgegangen, und die Frau fand, er solle den Anzug ruhig anbehalten, ihr

Mann ziehe ihn sowieso nie an. Ob ihm eine Suppe und ein paar belegte Brote zum Mittagessen reichten, wollte sie wissen, und ihr Gast antwortete, ihm sei alles recht, er wolle niemandem Umstände machen.

Am Nachmittag spielte er zuerst mit dem Baby. Es lächelte ihn an und gurgelte glücklich, wenn er ihm sanft ins Gesicht pustete. Dann fragte er, ob er die Stereoanlage benutzen dürfe. Er hörte sich eine CD an, die einmal jemand als Gastgeschenk zu einem Abendessen mitgebracht hatte. Sie war noch nie bis zum Ende abgespielt worden. Der Hausherr fand moderne Musik zu anstrengend.»

«Es interessiert mich nicht, was für Musik dieser Typ hört», sagte der König.

«Entschuldige», sagte die Prinzessin. «Soll ich weitererzählen?»

«Ich weiß schon, was kommt. Der Mann kommt nach Hause, und der Kerl hat seinen Anzug an.» Der König ließ die Fingergelenke knacken, wie er es immer tat, wenn er sich auf eine Schlägerei freute. «Da ist er natürlich stinksauer.»

«Vielleicht war er das», sagte die Prinzessin. «Aber er sagte nichts dazu. Er hatte Sushi mitgebracht, die große Platte für drei Personen, und brauchte seine ganze Konzentration dafür, sie korrekt mit Stäbchen zu essen. Seine Frau und der Besucher unterhielten sich unterdessen über Musik.»

«Warum wird in deiner Geschichte eigentlich dauernd gegessen?», fragte der König.

«Weil du Hunger hast», sagte die Prinzessin.

«Irgendwann kriegst du eine geballert», sagte der König.

Die Prinzessin tat, als ob sie nichts gehört hätte, und erzählte weiter. «Als der Hausherr an diesem Abend zu Bett ging, fand er dort nur ein Kissen vor statt der üblichen zwei. ‹Es ist sonst für ihn zu unbequem auf dem alten Sofa›, sagte seine Frau.»

«Das wäre mir scheißegal gewesen», sagte der König.

«Ich weiß», sagte die Prinzessin. «Aber du kommst in der Geschichte nicht vor. Am nächsten Morgen – der Gast saß schon in der Küche und löffelte sein Viereinhalb-Minuten-Ei – rief der Ehemann nach seiner Frau, weil er seinen liebsten dunkelblauen Nadelstreifenanzug nicht finden konnte. Sie hatte ihn dem Besucher geschenkt. ‹Er steht ihm einfach besser›, sagte sie. Der Mann musste einen braunen Anzug anziehen, den er nur selten trug. Vielleicht lag es an dem ungewohnten Anblick, dass das Baby zu schreien begann, als er sich abschiednehmend über das Bettchen beugte.

Das Wetter war mild, obwohl es schon auf den Winter zuging. Der Gast und die Frau gingen mit dem Kinderwagen spazieren, und die Leute fanden, sie seien ein schönes Paar. Im Park saßen sie dann nebeneinander auf einer Bank, und der Fremde erzählte ihr in allen Einzelheiten, wie es gewesen war, als ihr Mann ihn auf dem Bahnsteig am Selbstmord gehindert hatte.

Im Lauf des Berichts wurde die Miene der Frau immer düsterer. Als er zu Ende war, meinte sie, so etwas hätte sie von ihrem Mann nie gedacht, da glaube man jemanden zu kennen und erlebe doch immer wieder Überraschungen. Aber wo die peinliche Geschichte nun einmal passiert sei, dürfe man jetzt auch zu Recht von ihm verlangen, dass er für sein Opfer sorge. ‹Das steht dir zu›, sagte sie.»

Der König nickte ohne Überraschung. «Sie duzte ihn also schon.»

«Sie waren sich nähergekommen», sagte die Prinzessin.

«Und in der Nacht schlich sie sich wohl zu ihm ins Zimmer?»

«Nein», sagte die Prinzessin, «so war es nicht. Sie erklärte ihrem Mann ganz vernünftig, dass sie es ihrem Gast in Anbetracht des Geschehenen nicht auf Dauer zumuten könnten, jede Nacht auf einem viel zu kleinen Sofa zu schlafen. Wenn man jemanden gegen seinen Willen ins Leben zurückhole und damit die Verantwortung für ihn übernehme, dürfe man sich hinterher nicht kleinlich zeigen, das mache einen schlechten Eindruck. Man wisse ja, wie die Leute gern redeten.

Ihr Mann sah das ein und schlief von da an im Büro. Das sei die beste Lösung, und, nein, es mache überhaupt keine Umstände. Es war ja auch wirklich praktischer, dass sie die Plätze tauschten. Der große Kleiderschrank stand neben dem Ehebett, und warum sollte der Gast jedes Mal in ein anderes Zimmer gehen müssen, nur weil er etwas zum Anziehen brauchte? Die beiden Anzüge, die dem Hausherrn noch gehörten, hatten auch im Büro Platz.

Die Frau fand die neue Konstellation sehr angenehm.»

«Das kann ich mir vorstellen», sagte der König.

«Eine Woche später sprach der kleine Junge sein erstes Wort. Zumindest konnte man sich, wenn man genau hinhörte, vorstellen, dass es ein Wort sein sollte. ‹Papa›, sagte der kleine Junge. Sein Vater war zu der Zeit im Büro, aber der fremde Mann nahm ihn in den Arm, küsste und lobte ihn. ‹Papa, Papa›, sagte der Kleine.

‹Ist er nicht süß?›, fragte die Frau.

Am Abend saß sie mit ihrem Gast vor dem Fernseher. Ihr Mann war früh schlafen gegangen. Er war in letzter Zeit immer sehr müde, aber der Film, den sie sich ansehen wollten, hätte ihn sowieso nicht interessiert.

Der Besucher musste sich beim Fernsehen anstrengen. Immer wieder kniff er die Augen zusammen. Ob ihm etwas fehle, fragte die Frau. Sie solle sich seinetwegen keine Sorgen machen, antwortete der Gast, er sehe nur in letzter Zeit nicht mehr so gut, so etwas komme wohl vor, wenn man größere seelische Erschütterungen habe durchmachen müssen. ‹Da muss man doch etwas dagegen tun›, sagte die Frau. Sie stand auf und holte aus dem Büro die Brille ihres Mannes.»

«Die mit dem bunten Rand?», fragte der König.

«Du passt gut auf», sagte die Prinzessin. «Sie holte also die Brille, und als ihr Gast sie aufsetzte, stellte sich heraus, dass sie genau die Gläser hatte, die seine Augen brauchten. Außerdem passte das Gestell gut zu seinem Gesicht.

Als sie sich den Film zu Ende angesehen hatten, ging die Frau leise zur Tür des Büros und schloss sie ab. Sie hatte schon immer davon geträumt, es einmal auf dem Wohnzimmerteppich zu machen, und es wäre ihrem Mann sicher unangenehm gewesen, sie dabei zu überraschen.

Am nächsten Morgen vergaß sie, die Tür rechtzeitig wieder aufzuschließen, und so verpasste ihr Mann die richtige U-Bahn und wurde im Büro von seinem Vorgesetzten getadelt, nicht nur, weil er zu spät gekommen war, sondern auch, weil es dort nicht üblich war, in schmutzigen Jeans und einem Pullover mit Brandloch zur Arbeit zu erscheinen. Er versuchte die Scharte durch doppelten Fleiß auszuwetzen, machte aber im Lauf des Tages mehrere kostspielige Fehler. Ohne Brille konnte er die Zahlen auf seinem Bildschirm nicht richtig erkennen.»

«Und wurde entlassen», sagte der König.

«Diesmal hast du recht», bestätigte die Prinzessin. «Fristlos. Obwohl er den Alkohol nicht gewohnt war, betrat er auf dem Weg zur U-Bahn eine Bar. Er trank dort ein Glas nach dem anderen, bis das Lokal geschlossen wurde. Dann fuhr er nach Hause. Als er seiner Frau von seinem Unglück erzählen wollte, legte sie einen Finger an die Lippen und flüsterte: ‹Pscht! Der Kleine ist gerade erst eingeschlafen.›

Durch die offene Tür des Kinderzimmers konnte er im Schein des Nachtlichts sehen, wie der Mann, dem er das Leben gerettet hatte, seinen Sohn in den Armen wiegte und beruhigend auf ihn einredete. ‹Kutschikutschiku›, sagte der fremde Mann.

Der Aktenkoffer war aus Krokodilleder und wäre ihm früher oder später doch nur gestohlen worden. Sie packten ihm seine Sachen deshalb lieber in eine große Plastiktüte: Unterwäsche, eine Zahnbürste und zwei kalte Hamburger, die vom Abendessen übriggeblieben waren.

Nachdem er gegangen war, sprachen sie nicht mehr über ihn.»

«Sehr lustig hört die Geschichte nicht auf», sagte der König.

«Sie ist noch nicht zu Ende», sagte die Prinzessin. «Fürs Erste mietete der Mann ein Zimmer in einer Absteige, wo ihm schon in der ersten Nacht all sein Geld gestohlen wurde. Da es dort üblich war, täglich zu bezahlen …»

«Natürlich», sagte der König.

«... musste er sich für die nächste Nacht einen anderen Platz zum Schlafen suchen. Er fand ihn im Hinterhof einer Bäckerei. Das wäre eigentlich kein schlechter Ort gewesen, aber da er in diesen Dingen keine Erfahrung hatte, legte er sich direkt auf den Boden und wäre beinahe erfroren. Dabei hätte es gleich daneben einen Lüftungsschacht gegeben, durch den von der Backstube her warme Luft aufstieg. Immerhin schenkte ihm der Bäcker, der ihn am Morgen verjagte, ein paar altbackene Semmeln, so dass er erst gegen Abend richtig heftigen Hunger bekam.»

«Dauert die Geschichte noch lang?», fragte der König. «Ich will den Pizzakurier anrufen.»

«Sie ist gleich zu Ende», sagte die Prinzessin. «Drei Tage später beschloss der Mann, sich umzubringen. Er ging also zur nächsten U-Bahn-Station und stellte sich an den Rand des Bahnsteigs, ganz am Anfang, dort wo die Züge noch volle Geschwindigkeit haben. Er sprang auch im richtigen Augenblick los, aber unglücklicherweise hielt ihn ein fremder Mann zurück. Ein Lehrer auf dem Weg zu einem Abendkurs, wie sie später am Fernsehen sagten.»

«Wieso am Fernsehen?»

«Die Szene war zufällig von einer Sicherheitskamera aufgezeichnet worden und lief über alle Sender. Auch die Frau und ihr neuer Mann sahen den Bericht. Er nahm die Brille mit dem bunten Rand ab, fuhr sich mit der Hand über die Stirn und sagte: ‹Genauso war es bei mir. Genauso.›»

«Quattro stagioni», sagte der König. «Da ist am meisten drauf.»

Die zweite Nacht

«Es war einmal ein Mann», sagte die Prinzessin, «der hatte zwei Köpfe.»

«Zwei Schwänze wären mir lieber», sagte der König.

«Hast du die nicht?», fragte die Prinzessin, die ihren Kunden zu schmeicheln wusste.

«Das kommt dir nur so vor», sagte der König.

Die Prinzessin verschränkte die Arme hinter dem Kopf und suchte an der Decke nach dem einen Wasserfleck, der immer wieder seine Form wechselte. Manchmal sah er aus wie ein zum Wegfahren gepackter Koffer und manchmal wie ein Sarg. Heute war er ein Schiff, unterwegs nach einem fernen Land. Ein Land ganz weit weg.

«Ein Mann mit zwei Köpfen», erinnerte sie der König. Er klang nicht einmal ungeduldig. Vielleicht, wenn sie Glück hatte, würde er bald einschlafen.

«Schon beim Ultraschall hatte man etwas Ungewöhnliches bemerkt», sagte sie. «Gleich am Anfang der Schwangerschaft. Ein Geschwür, dachte man. Etwas Überflüssiges auf jeden Fall. Darauf war man vorbereitet. Aber dann waren da zwei Köpfe, und beide völlig gesund. Beide hatten sie blaue Augen. Beide verzogen sie in dem plötzlichen Licht das Gesicht. Und beide schrien sie. Sie mussten sich ein Paar Lungen teilen, aber sie schrien sehr laut.»

«Wie waren sie denn angewachsen?», fragte der König. «Ich meine: Gab es da zwei Hälse nebeneinander, oder wie war das?»

Die Prinzessin hatte sich diesen Teil der Geschichte vorher nicht überlegt und musste jetzt ganz schnell reden, damit man ihr die Improvisation nicht anmerkte. Der König wollte reelle Ware haben für sein Geld. «Der Hals teilte sich auf halber Höhe», sagte sie. «Zuerst war es nur einer, und dann wurden es zwei.»

«So wie in deinem Badezimmer die gleiche Wasserleitung das Bidet und das Klo versorgt?», fragte der König

«Ja», sagte die Prinzessin. «So wie in meinem Badezimmer die gleiche Wasserleitung das Bidet und das Klo versorgt.»

«Ich hätte nicht gedacht, dass das geht», sagte der König. «Mit Köpfen, meine ich.»

«Wenn es jeden Tag vorkäme, müsste ich dir die Geschichte nicht erzählen.»

«Da hast du auch wieder recht», sagte der König.

«Der eine Kopf», sagte die Prinzessin, «war ganz leicht nach links gekippt und der andere nach rechts. Wenn sie sich bewegten, noch ungesteuert und ohne Absicht, dann berührten sich ihre Ohren. Zarte, winzige Ohren, so durchsichtig, dass man zu sehen meinte, wie das Blut in ihnen pulsierte. Zwei perfekt geformte Öhrchen, aneinandergeschmiegt wie Verliebte.»

«Hast du eigentlich einmal Kinder gehabt?», fragte der König.

«Das gehört nicht zur Geschichte.»

«Ich will es aber wissen», sagte der König.

Der Wasserfleck war ein Schiff, unterwegs in ein fernes Land.

«Nein», sagte die Prinzessin. «Ich hatte nie Kinder.»

«Ist auch besser so», sagte der König. «Ich mag diese Streifen auf den Bäuchen nicht leiden. Erzähl weiter!»

«Man hatte sich in Gedanken auf eine Operation vorbereitet», sagte die Prinzessin, «aber ...»

«Was für eine Operation?», wollte der König wissen.

«Einer der Köpfe musste natürlich entfernt werden. Nur wussten die Ärzte jetzt nicht, welcher von beiden es sein sollte.»

«Entfernt?», fragte der König. «Du meinst: abgeschnitten?»

«Man war sich einig, dass ein Mensch nicht mit zwei Köpfen leben kann.»

Der König klapperte mit den Fingernägeln einen Rhythmus an seinen Zähnen, wie er es manchmal tat, wenn er über etwas nachdachte. Die Prinzessin schwieg, dankbar für die Unterbrechung.

Der Wasserfleck an der Decke war doch kein Schiff. Es war ein Vogel. Ein großer, starker Vogel. Man konnte sich auf seinen Rücken setzen und davonfliegen.

Nach einer Weile wurde das Geklapper der Fingernägel langsamer und hörte dann ganz auf. «Wenn ich einen Menschen mit zwei Köpfen hätte», sagte der König, «würde ich Millionen verdienen.»

«Wahrscheinlich», sagte die Prinzessin.

«Fünfzigtausend für ein einziges Foto. Mindestens. Und für einen Fernsehauftritt ...»

«Willst du die Geschichte hören?», fragte die Prinzessin.

«Erzähl!», sagte der König.

«Sie schnitten ihm also einen Kopf ab», sagte sie.

«Welchen? Wenn sie doch beide gleich lebendig waren?»

«Genau das war das Problem. Die Ärzte konnten sich lang nicht entscheiden. Der eine Kopf hatte ein bisschen mehr Haare, dafür waren beim andern die Wimpern länger. Hauchfeine Wimpern.»

Ein Vogel, mit dem man wegfliegen konnte.

«Sie haben es schließlich dem Zufall überlassen», sagte die Prinzessin.

«Warum haben sie nicht die Mutter gefragt?»

«In der Geschichte kommt keine Mutter vor.»

«Schrei mich nicht an», sagte der König.

«Entschuldige», sagte die Prinzessin.

«Schon gut», sagte der König.

«Sie haben eine Einwegspritze auf den Operationstisch gelegt», erzählte sie weiter, «und sie im Kreis gedreht. Als die Spritze zum Stillstand kam, zeigte die Nadel auf den linken Kopf des Neugeborenen, und so wurde der entfernt.»

«War das der mit den Haaren?», fragte der König.

«Nein, der mit den Wimpern.»

«Es war bestimmt eine schwierige Operation», sagte der König.

«Nichts Besonderes», sagte die Prinzessin. «So etwas können sie heutzutage. Den abgetrennten Kopf steckten sie in ein Glas, füllten es mit einer konservierenden Flüssigkeit und gaben das Ganze der Mutter mit nach Hause.»

«Ich denke, in der Geschichte kommt keine Mutter vor?»

«Sie kommt nicht vor», sagte die Prinzessin, «aber es

gibt sie. Der kleine Junge erholte sich sehr schnell von der Operation. Nur auf der linken Seite seines Halses blieb eine Narbe zurück. Später, als er älter war, erzählte er seinen Mitschülern, er habe sich dort beim Fußballspielen verletzt.

Das Glas mit dem Kopf stand immer auf seinem Nachttisch. Er gewöhnte sich an, ihm vor dem Einschlafen ‹Gute Nacht› und nach dem Aufwachen ‹Guten Morgen› zu sagen. Er hatte den Eindruck, dass der Kopf lächelte, wenn er ihn begrüßte, und ein trauriges Gesicht machte, wenn er es einmal vergaß.»

«Man kann sich jeden Scheiß einbilden», sagte der König.

«Das stimmt», sagte die Prinzessin. «Sonst wäre es nicht auszuhalten. Noch etwas fiel dem Jungen auf, oder vielleicht, wahrscheinlich hast du recht, bildete er es sich ein: Das Glas schien immer kleiner zu werden. Am Anfang hatte der Kopf reichlich Platz darin gehabt, man hatte das Behältnis drehen können, und der Kopf hatte sich, von der Flüssigkeit angetrieben, langsamer mitgedreht. Aber jetzt klemmte er fest, hatte die eine Backe an die Rundung des Glases gepresst, als ob es auf der andern Seite, draußen, etwas zu belauschen gäbe. Wenn man früher freundschaftlich an das Glas geklopft hatte, dann hatte es ausgesehen, als ob der Kopf höflich oder sogar dankbar zurücklächelte. Jetzt zuckte er jedes Mal zusammen, als ob er der Beinahe-Berührung gern ausgewichen wäre.»

«Und?», fragte der König. «War das Glas tatsächlich kleiner geworden?»

«Nein», sagte die Prinzessin. «Der Kopf war gewachsen.

Im gleichen Maß und in der gleichen Geschwindigkeit wie der Kopf des Jungen, auf dessen Nachttisch er stand.»

«Hast du dir die Geschichte selber ausgedacht?», fragte der König.

«Einen Teil davon», sagte die Prinzessin. «Der Kopf war also gewachsen, er wuchs immer weiter, und schließlich sprengte er sein Glas. Es passierte mitten in der Nacht, und der Junge wachte auf, nicht von dem Geräusch, sondern weil sein Leintuch plötzlich feucht war. Die Flüssigkeit, in der der Kopf all die Jahre geschwommen hatte, war klebrig, und ihr Geruch erinnerte ihn an den Chemiesaal der obersten Klasse, in den er sich einmal für eine Mutprobe hineingeschlichen hatte.»

«Und der Kopf?»

«Der lag neben ihm im Bett und sagte immer wieder: ‹Ah, so ist es besser. So ist es viel besser.›

«Ein toter Kopf, der reden kann. Deine Geschichte fängt an, mir zu gefallen.» Je nachdem, was der König am Tag erlebt hatte, gruselte er sich in der Nacht gern ein bisschen.

«Er war nicht tot», sagte die Prinzessin. «Er war lebendig geblieben. Und wurde noch viel lebendiger, jetzt, wo ihm keine chemische Brühe mehr den Mund und die Nase verstopfte. All die Jahre hatte er nicht reden können, und das holte er jetzt nach.»

«Und erzählte wahrscheinlich ganz kluge Dinge.» Der König liebte es, den Fortgang ihrer Geschichten zu erraten, wurde aber ungehalten, wenn er mit seiner Vermutung recht behielt. Er wollte sein gutes Geld nicht für Dinge ausgeben, die er sich auch selber erfinden konnte.

«Keine klugen Dinge», sagte die Prinzessin deshalb.

«Der Kopf war erst sieben Jahre alt, und was hat man in diesem Alter schon Gescheites zu berichten? Aber er war ein guter Beobachter. Eingesperrt in sein Glas, hatte er nie etwas anderes tun können als zuzusehen und zuzuhören. Er kannte alle Schulbücher, die der Junge für seine Hausaufgaben gebraucht hatte, er wusste alle Melodien zu summen, die er sich auf seinem CD-Player angehört hatte, und er konnte ihm sogar verraten, wer von seinen Freunden das Fußballbildchen mit dem Weltmeister-Torwart gestohlen hatte, das in seiner Sammlung fehlte.»

«Praktisch», sagte der König.

«Sehr praktisch», bestätigte die Prinzessin. «Die beiden, der Junge und sein zweiter Kopf, wurden sich schnell einig, dass sie niemandem etwas von ihrer neugefundenen Vertrautheit verraten wollten. Der Junge fürchtete, dass man ihm den Kopf sonst wegnehmen würde. Außerdem hat man in diesem Alter gern Geheimnisse.»

«Und niemand hat bemerkt, dass der Kopf nicht mehr in seinem Glas steckte?», fragte der König. «Noch nicht einmal die Mutter des Jungen?»

«Eine Mutter kommt in der Geschichte nicht vor», sagte die Prinzessin.

«Ist ja gut, ist ja gut», sagte der König. «Du brauchst mich deswegen nicht anzublaffen.»

«Entschuldige», sagte die Prinzessin.

«Schon gut», sagte der König.

«Der Junge und sein zweiter Kopf», erzählte sie weiter, «wurden gute Freunde. Jeder wusste alles vom andern, und sie vertrauten sich auch die Dinge an, über die man sonst mit niemandem spricht. Als der Junge älter wurde und sich sein Körper zu verändern begann, erzählte er dem Kopf, wie sich das anfühlte. Der Kopf schilderte ihm dafür, wie schwierig es war, überhaupt keinen Körper zu haben.»

«Als ich das erste Mal eine Frau gevögelt habe», sagte der König, «da war ich erst zwölf.»

Der Wasserfleck an der Decke war eine Kanone, mit der man alles kaputtschießen konnte.

«Sie wollte nicht», sagte der König. «Aber ich war stärker als sie.»

In Grund und Boden.

«Wieso erzählst du nicht weiter?», fragte der König.

«Wenn der Junge von der Schule nach Hause kam», sagte die Prinzessin, «musste er immer als Erstes erzählen, was er an diesem Tag alles erlebt hatte. Ohne das Geringste auszulassen. Der Kopf wollte jedes Detail wissen, vom Tonfall einer Stimme bis zur Farbe eines Pullovers. Selbst den wechselnden Belag des Pausenbrots ließ er sich jeden Tag beschreiben und konnte zehnmal nachfragen, wenn ihm die Schilderung des Geschmacks von Räucherschinken oder Streichkäse nicht exakt genug erschien. ‹Ich kann es ja selber nicht erleben›, sagte er und war unendlich neugierig.»

«Ganz schön lästig», sagte der König.

«Sie waren Freunde», sagte die Prinzessin.

«Das meine ich», sagte der König. «Ganz schön lästig.»

«So ging es ein Weilchen», sagte die Prinzessin. «Der Junge erlebte die Dinge, und der Kopf bekam sie erzählt. Aber irgendwann reichten dem die Berichte aus zweiter Hand nicht mehr aus. ‹Ich möchte selber dabei sein›, sagte er. ‹Kannst du mich nicht mitnehmen? Nur einen Tag lang?›

Das ging natürlich nicht. Man kann keinen Kopf mit in die Schule bringen und ihn sich aufs Pult stellen. Oder ihn während der Turnstunde in die Sprossenwand klemmen. Und wie sollte das auf dem Pausenhof gehen? In den Pausen wollte der Kopf unbedingt dabei sein, weil man sich dort, wie ihm der Junge erzählt hatte, die Mädchen ansah. Trotz aller Beschreibungen konnte er sich Mädchen einfach nicht richtig vorstellen.»

«Und wie haben sie es gemacht?», fragte der König.

«Der Junge hörte mit Fußballspielen auf und trat in einen Bowling-Club ein.»

«Bist du besoffen?», fragte der König.

«Nicht mehr als nötig», sagte die Prinzessin.

«Was hat Bowling damit zu tun?»

«Es gab dem Jungen die Ausrede, sich eine Tasche zu besorgen, wie man sie in diesem Sport benützt, um seine persönliche Kugel immer bei sich zu haben. Nur dass er darin keine Kugel mit sich herumtrug. Er hatte zwei kleine Gucklöcher in den Stoff gemacht, und so konnte der Kopf jetzt zum ersten Mal auch die Dinge direkt miterleben, die außerhalb seines Zimmers passierten. In den Schulstunden war sein Platz unter dem Pult, beim Computerspielen lag er neben dem Bildschirm, und er war sogar dabei, als der Junge zum ersten Mal mit einem Mädchen schlief.»

«Hat den das nicht gestört?», fragte der König.

«Dafür war er viel zu dankbar. Er selber hatte nämlich geglaubt, das Mädchen wolle gar nichts von ihm wissen, aber so ein Kopf hat viel Zeit, um zuzuhören und nachzudenken, und hatte deshalb aus ihrem Tonfall herausgehört, dass ihr Nein gar kein Nein bedeutete.»

«Mir hat nie ein Mädchen nein gesagt», sagte der König.
«Bestimmt nicht», sagte die Prinzessin.
«Oder sie hat es bereut», sagte der König.
Der Wasserfleck war eine Wolke. Eine dunkle Wolke. Wenn man nur genügend lang wartete, musste der Sturm ausbrechen.
«Erzähl weiter», sagte der König.
«Ein paar Jahre lang waren sie unzertrennlich», sagte die Prinzessin. «Bis der Junge – nur dass er damals schon kein Junge mehr war, sondern ein junger Mann – die Tasche mit dem Kopf aus Versehen in einer Bar stehenließ. Sie einfach vergaß.»
«Warum?», fragte der König.
«Warum wohl?», sagte die Prinzessin.
«Ein Mädchen», sagte der König.
«Eine Frau», sagte die Prinzessin. «‹Bei der hast du Chancen›, hatte der Kopf ihm zugeflüstert, und er hatte, wie immer, recht gehabt. Die Frau gehörte zu denen, die beim Geschlechtsakt schreien ...»
«Das mag ich nicht», sagte der König. «Es lenkt mich ab.»
«... und der junge Mann fragte sich ganz automatisch, was der Kopf wohl dazu sagen würde. In diesem Moment fiel ihm ein, dass er die Bowlingtasche hatte stehenlassen. Am liebsten wäre er gleich losgerannt, um sie zu holen, aber das war in dieser Situation nicht gut möglich.»
«Er steckte fest», sagte der König und verschluckte sich am eigenen Gelächter. «Steckte fest. Verstehst du den Witz?»
«Ja», sagte die Prinzessin.

«Wieso lachst du dann nicht?»

«Ich dachte, du wolltest die Geschichte hören.»

«Du hast keinen Humor», sagte der König. «Das ist dein Problem.»

«Wahrscheinlich», sagte die Prinzessin.

«Erzähl weiter», sagte der König.

«Als er endlich bei der Bar ankam, hatte die schon geschlossen. Am nächsten Tag war er so früh dort, dass er nur die Reinemachfrau antraf, die nichts von einer Bowlingtasche wusste. Und auch als später die Angestellten einer nach dem anderen eintrafen, erinnerte sich niemand daran, so einen Gegenstand gesehen zu haben. Es blieb ihm schließlich nichts anderes übrig, als beim Fundbüro nachzufragen, obwohl er große Angst davor hatte.»

«Angst vor dem Fundbüro?», fragte der König. «Wieso denn das?»

«Wenn die Tasche dort gewesen wäre, hätte man sie bestimmt schon geöffnet und ihm eine Menge unangenehmer Fragen gestellt. Aber eine Bowlingtasche stand nicht im Verzeichnis. Es gab nur eine Möglichkeit: Jemand hatte sie gestohlen.»

«Der wird sich beim Öffnen ganz schön gewundert haben.» Der König lachte hustend. «Wenn ich mir vorstelle, wie der die gefundene Kugel ausprobieren will...»

«Vielleicht», sagte die Prinzessin. «Vielleicht war es aber auch ganz anders. Man weiß es nicht. Der Kopf wollte nie etwas davon erzählen.»

«Ich denke, der Kopf war verschwunden.»

«Ungefähr eine Woche später stand die Tasche plötzlich vor der Tür des Hauses, in dem der Mann wohnte. Stand da einfach auf dem Boden. Er fand sie, rannte die Treppe hinauf, sperrte sich in seiner Wohnung ein, holte den Kopf heraus und fragte: ‹Wo bist du gewesen?›

Und der Kopf antwortete: ‹Das geht dich einen Scheißdreck an.›

Der junge Mann wollte nicht glauben, dass er das gehört hatte. All die Jahre waren sie die besten Freunde gewesen. Hatten sich alles erzählt. Nie Geheimnisse voreinander gehabt. Und jetzt, wo etwas so Außergewöhnliches passiert war ...»

«Was war denn nun passiert?», fragte der König ungeduldig.

«Ich weiß es nicht», sagte die Prinzessin. «Der Kopf hat über seine Erlebnisse nie gesprochen.»

«Du könntest dir etwas ausdenken», sagte der König. «Hat ihn der Junge denn nicht gefragt?»

«Immer wieder», sagte die Prinzessin. «Er konnte es nicht fassen, dass der Kopf ihm etwas nicht erzählen wollte. Er fragte und fragte. Aber der Kopf drückte nur ganz fest die Augen zu – das war seine Art, etwas abzulehnen, weil er sich ja nicht selber schütteln konnte – und sagte: ‹Man will auch mal etwas für sich behalten.›

‹Ich habe dir immer alles erzählt›, sagte der junge Mann vorwurfsvoll.

‹Du hast mich stehenlassen›, sagte der Kopf. ‹In einer Bar.›

‹Das war doch nur ein Versehen.›

‹Mag sein›, sagte der Kopf. ‹Und ich habe aus Versehen vergessen, was in der letzten Woche passiert ist.› Er sagte es bitter und sarkastisch, was sonst nie seine Art gewesen war. Seit dem Tag, an dem er sein Glas gesprengt hatte, war er immer vernünftig und sachlich gewesen, aber jetzt blieb er stur und ließ sich weder von Argumenten noch von Entschuldigungen umstimmen. Er gab noch nicht einmal nach, als der junge Mann zu betteln begann.»

«Betteln?», sagte der König verächtlich. «So eine Pfeife. Ich hätte es aus ihm herausgeprügelt.»

«Wahrscheinlich hättest du das», sagte die Prinzessin. «Aber der junge Mann war für so etwas nicht gemacht. Er ertrug es nur schwer, dass der Kopf nicht mehr mit ihm reden wollte, und als er auf sein ‹Gute Nacht› keine Antwort bekam, konnte er lange Zeit nicht einschlafen. Auch der Kopf, wieder an seinem angestammten Platz auf dem Nachttisch, schloss die Augen nicht, aber das hatte er früher schon nie getan.»

«Ich schlafe auch manchmal schlecht», sagte der König.

«Ich weiß», sagte die Prinzessin.

«Aber bei mir kommt es davon, dass ich zu viel Energie habe.»

«So wird es sein», sagte die Prinzessin. «Am nächsten Morgen wollte sich der Kopf nicht in seine Tasche packen und mitnehmen lassen. ‹Ich bin ganz gern mal allein›, sagte er. ‹Wir sehen uns ja am Abend.›

‹Wirst du dich nicht langweilen?›, fragte der junge Mann.

‹Ich werde mir schon etwas ausdenken›, sagte der Kopf.

Den ganzen Tag, während der junge Mann im Büro an seinem Schreibtisch saß, juckte ihn die Narbe am Hals. Es war kein schlimmer Schmerz, aber er irritierte ihn doch so, dass er immer wieder hinfassen musste. Auf dem Nachhauseweg kaufte er an einer vietnamesischen Imbissbude eine Portion Fisch mit einer unangenehm riechenden Soße, von der er schon im Voraus wusste, dass sie ihm nicht schmecken würde. Er wollte nur dem Kopf mit der Beschreibung eines ungewohnten Geschmacks eine Freude machen. Aber der hörte ihm kaum zu und meinte bloß, seinetwegen müsse er sich keine Mühe geben.

‹Willst du wissen, was heute im Geschäft passiert ist?›, fragte der junge Mann.

‹Nein, danke›, sagte der Kopf. ‹Es interessiert mich nicht.›»

«Was war denn passiert?»

«Nichts», sagte die Prinzessin. «Er hatte nur Konversation machen wollen.»

«Weichei», sagte der König verächtlich.

«Am nächsten Tag tat ihm die Narbe richtig weh, ein brennender Schmerz wie von einer Schnittwunde. Aber der Spiegel im Waschraum für die Angestellten zeigte nichts Auffälliges. Am Abend war der Kopf immer noch wortkarg und reagierte auf alles, was der junge Mann sagte, nur mit distanzierter Höflichkeit. Am dritten Tag ...»

«Was ist eigentlich aus der Mutter geworden?», unterbrach sie der König. «Ist die unterdessen gestorben?»

«In der Geschichte kommt keine Mutter vor.»

«Du regst dich immer gleich so auf», sagte der König.

«Entschuldige», sagte die Prinzessin. Sie suchte an der Zimmerdecke nach ihrem Wasserfleck, konnte ihn aber nicht finden.

«Schon gut», sagte der König.

«Am dritten Tag war der Schmerz kaum auszuhalten,

aber im Spiegel war immer noch nichts zu sehen. Die Narbe war nicht einmal gerötet. ‹Meinst du, ich sollte zum Arzt gehen?›, fragte der junge Mann, als er am Abend nach Hause kam.

‹Wird nicht nötig sein›, antwortete der Kopf. ‹Bis morgen ist alles vorbei.›

Und tatsächlich: Als der junge Mann am nächsten Morgen aufwachte, war der Schmerz verschwunden. Er fühlte sich sogar seltsam leicht. Erst als er aufstehen wollte, merkte er, dass immer noch etwas nicht in Ordnung war. Seine Muskeln wollten ihm einfach nicht gehorchen. Er war wie gelähmt.

‹Daran wirst du dich gewöhnen müssen›, sagte der Kopf.

Die Stimme kam aus einer ungewohnten Richtung. Der junge Mann wollte sich zu ihr drehen, aber es ging nicht. ‹Ich kann mich nicht bewegen›, sagte er erschrocken.

‹Natürlich nicht›, sagte der Kopf.

Und dann kamen zwei Hände, fassten ihn links und rechts an den Schläfen und hoben ihn hoch. Hoben ihn einfach hoch und setzten ihn auf dem Nachttisch ab.

Von dort aus konnte er das Zimmer überblicken. Das Filmplakat an der Wand. Die unordentlich auf einen Stuhl geworfenen Kleider. Das Bett. Und im Bett lag ...»

Die Prinzessin machte eine Pause.

«Was lag im Bett?», fragte der König ungeduldig.

«Er selber», sagte die Prinzessin. «Oder doch zumindest sein Körper. Der kräftige Körper eines jungen Mannes. Mit einer kleinen Narbe an der rechten Seite des Halses.»

«An der linken», sagte der König, der auf solche Details achtete.

«Nein», sagte die Prinzessin, «auf der rechten. Aber das fiel ihm erst später auf. Jetzt erschreckte ihn etwas anderes viel zu sehr. Der Körper hatte einen Kopf, und der Kopf nickte ihm zu und sagte: ‹Es macht Spaß, einen Körper zu haben.›

«Das war ...?»

«Ja», sagte die Prinzessin. «Sie hatten die Plätze getauscht. Jetzt saß der junge Mann auf dem Nachttisch fest, und der Kopf räkelte im Bett seinen Körper. Als er dann aufzustehen versuchte, fiel er beinahe hin. So ein Körper ist nicht leicht zu lenken, wenn man es nicht gewohnt ist. Aber der Kopf lernte schnell.»

«Und der Mann?»

«Wartete jeden Tag auf dem Nachttisch und hoffte, dass ihm sein Kopf etwas Interessantes zu erzählen haben würde. Und dass er ihn vielleicht einmal mitnähme, in seiner Bowlingtasche.»

Der Wasserfleck an der Decke war ein Fleck. Nichts anderes.

«Etwas möchte ich gern wissen», sagte der König. «Was hatte der Kopf wohl erlebt, in der Woche, in der er verschwunden war?»

Die dritte Nacht

Vor der Brust des Königs hing an einer goldenen Kette ein Kreuz. Die nach außen liegenden Kanten hatte er angeschliffen, und bei Prügeleien wickelte er sich die Kette um die Hand und zerfetzte seinen Gegnern mit dem Kreuz das Gesicht. Sonst legte er es nie ab und behielt es auch an, wenn er im Bett auf die Prinzessin stieg. Sie hatte sich auch heute wieder daran geschnitten, sich aber nicht beschwert, weil sonst der König nur noch fester zugedrückt hätte. Das war so seine Art.

Endlich wälzte er sich schwitzend auf seine Seite des Bettes zurück. «Jetzt kannst du mir eine Geschichte erzählen.»

«Es war einmal…», begann die Prinzessin, aber der König unterbrach sie gleich wieder. «Du blutest ja», sagte er.

«Ja», sagte die Prinzessin.

«Egal», sagte der König.

Draußen fuhr mit heulender Sirene ein Polizeiauto vorbei. Der König hob kurz den Kopf, und ließ ihn dann wieder auf das Kissen zurücksinken. «Erzähl!», sagte er.

Die Prinzessin betrachtete die Fettwülste an des Königs Bauch und die grauen Haare auf seiner Brust. Das Kreuz lag da wie auf Watte.

«Es war einmal», begann sie, «in Mailand ein Kaufmann,

der hatte in seinem Keller eine eiserne Truhe voller Menschenknochen.»

«Wird das auch eine lustige Geschichte?», fragte der König misstrauisch.

«Sehr lustig», sagte die Prinzessin.

«Knochen ...», sagte der König. «Wusstest du, dass man einem Menschen jeden Knochen im Körper mit der bloßen Hand brechen kann? Man muss ihn nur richtig treffen.»

«Ich halte das durchaus für möglich», sagte die Prinzessin und erzählte weiter. «Auch von den Knochen, die dieser Kaufmann in seiner Truhe hatte, waren die meisten zerbrochen, einige durch Gewalt, andere einfach wegen ihres Alters. Es waren die Knochen von Heiligen.»

«Heilige gibt es nicht», sagte der König.

«Es gibt Menschen, die an sie glauben. Für das Geschäft macht das keinen Unterschied.»

«Du bist nicht dumm», sagte der König.

«Der Kaufmann hatte sich auf den Handel mit Reliquien spezialisiert. Wenn irgendwo eine Kirche oder ein Kloster oder einfach eine Stadt eine neue Attraktion brauchte, dann wandte man sich an ihn. Aus den Vorräten in seiner Kiste konnte er, je nach Bestellung, einen ganzen Schädel vom heiligen Archibald liefern. Bei geringerer Finanzkraft wahlweise auch nur eine Hand vom heiligen Balthasar, ein Wadenbein vom heiligen Chrysotomus oder einen Zeigefinger von der heiligen Dorothea.»

«Lässt sich damit Geld verdienen?», fragte der König interessiert.

«Ließ», korrigierte die Prinzessin. «Die Geschichte spielt vor ein paar hundert Jahren.»

«Ach so», sagte der König und klang ein wenig enttäuscht.

«Es war ein lukratives Geschäft, denn Heilige sind selten, und wer mit einer beeindruckenden Reliquie Kunden anlocken will, muss dafür tief in die Tasche greifen. Den Kaufmann hatte dieses Gewerbe auf jeden Fall reich gemacht, vor allem, weil er das Monopol darin besaß. Oder doch beinahe das Monopol. Es gab natürlich immer noch ein paar Konkurrenten auf dem Markt, aber die hatten in ihren Katalogen kaum mehr anzubieten als eine Haarlocke von der heiligen Eusebia oder einen Zehennagel vom heiligen Franziskus.»

«Das ist ja ekelhaft», sagte der König. «Wer kauft denn Zehennägel?»

«Jeder, der dringend ein Wunder braucht.»

«Zehennägel können Wunder vollbringen?»

«Solang jemand daran glaubt.»

Der König lachte sein unangenehmes Lachen, das fast wie ein Husten klang. «Das scheint tatsächlich eine lustige Geschichte zu werden», sagte er.

«Weil es zu jener Zeit viele gläubige Menschen gab», fuhr die Prinzessin fort, «war der Kaufmann reich geworden. Nicht so reich wie ein Herzog oder ein Kardinal, aber doch so, dass er manchmal richtig überlegen musste, für was alles er sein Geld noch ausgeben könnte. Wer viel Geld hat, will immer noch mehr ...»

«Natürlich», sagte der König.

«... und als sich eines Tages in Mailand die Nachricht verbreitete, irgendwo in der Campagna sei ein vollständiges Skelett des heiligen Gregorius entdeckt worden, da gab es für ihn keinen Zweifel, dass er und kein anderer das Geschäft damit machen sollte.»

«War dieser Gregorius denn etwas Besonderes?»

«Vielleicht hieß er auch anders», sagte die Prinzessin. «Das ist für die Geschichte nicht wichtig. Auf jeden Fall ging es um ein vollständiges Skelett und einen prominenten Heiligen, was zusammen sehr selten ist.»

«Skelette gibt es jede Menge», sagte der König. «In jedem Menschen steckt eins drin. Mit den Heiligen bin ich mir da nicht so sicher.» Er lachhustete schon wieder. Heute war er wirklich gut gelaunt.

«Ein Schafhirt fand die Gebeine. Ein Engel hatte ihm im Traum die richtige Stelle gezeigt, und gleich nach dem Erwachen war er hingegangen und hatte sie ausgegraben.»

«Märchen!», sagte der König verächtlich.

«Geschichten», sagte die Prinzessin.

«Ein Schafhirt, dem Engel im Traum erscheinen! So besoffen kann einer gar nicht sein.»

«Vielleicht hatte er ja auch nur die verwitterten Knochen eines Gehängten gefunden. Oder es hatte sich einmal einer in der abgeschiedenen Gegend verlaufen und war verhungert. Oder ein Wolf hatte ihn gefressen. Darauf kam es auch gar nicht an.»

«Worauf sonst?»

«Dass die Leute die Geschichte glaubten. Solang sie den heiligen Gregorius darin erkannten, war das Skelett eine Reliquie. Und damit wertvoll.»

«Ich hab mal einen gekannt», sagte der König, «der hat mit Ecstasy-Pillen gedealt und für die Verpackung mehr

Geld ausgegeben als für die Herstellung. Damit es aussah wie guter Stoff. Das ist so etwas Ähnliches, nicht wahr?»

«So ungefähr», sagte die Prinzessin. «Der Kaufmann, von dem ich dir erzählt habe ... Erinnerst du dich noch an den Kaufmann?»

«Ich vergesse nie etwas», sagte der König.

«Der Kaufmann beschloss, dass er den heiligen Gregorius in seiner Kollektion haben müsse. Egal zu welchem Preis. Wer ein Monopol hat, muss es verteidigen. Und so ein Einzelstück, rechnete er, würde sich, egal wie viel man am Anfang dafür bezahlte, letzten Endes immer mit Profit weiterverkaufen lassen. Er machte sich also, nur von einem Diener begleitet, auf die lange Reise von Mailand bis in die Campagna, was damals ein sehr weiter Weg war. Allerdings konnte er sich ein gutes Pferd leisten, und in den Herbergen unterwegs ließ er sich das beste Essen vorsetzen. Kurz bevor er sein Ziel erreichte, stieg er ab und ging zu Fuß weiter, als Bettelmönch verkleidet.»

«Wieso denn das?»

«Wenn er dem Schafhirten den Heiligen um billiges Geld abschwatzen wollte, wäre es nicht klug gewesen, als reicher Mann bei ihm aufzutauchen.»

«Das ist logisch», sagte der König. «Hätte ich auch nicht gemacht.»

«Er hatte sich einen schlauen Plan zurechtgelegt. Auch ihm, wollte er dem Hirten erzählen, sei ein Engel des Herrn im Traum erschienen, und der habe ihm befohlen, die heiligen Gebeine abzuholen und für sie eine Kapelle zu erbauen. Auf diese Weise, dachte er, würde er die kostbaren Knochen vielleicht sogar kostenlos an sich bringen können.»

«Wieso sollte der Hirte darauf reinfallen?», fragte der König.

«Wer an einen Engel glaubt, glaubt auch an einen anderen. Aber die Verkleidung erwies sich dann als überflüssig. Ein anderer Geschäftsmann war schneller gewesen und hatte dem Schafhirten das Skelett bereits abgekauft. Für fünf Schafe oder einen neuen Mantel oder was weiß ich. Egal. Auf jeden Fall hatte er die Gebeine bekommen, und im Gegensatz zu dem naiven Hirten wusste er, was so ein heiliger Gregorius wert war, und wie man diesen Wert auch zu Geld machen konnte. Als der Knochenhändler bei ihm eintraf, hatte er schon einen eigenen Karren für das Skelett bauen lassen.»

«Wozu denn ein Karren?», fragte der König.

«Um mit den Gebeinen von Ort zu Ort zu ziehen. Vor allen Kirchen wollte er anhalten, das war sein Plan, und seinen Heiligen gegen Gebühr anbeten lassen. Er wartete nur noch darauf, dass der Schildermaler mit dem Reklameplakat fertig würde.»

«Vor ein paar hundert Jahren gab es noch keine Plakate», wandte der König ein.

«Doch», sagte die Prinzessin. «Sie hießen nur anders. Wer Geld verdienen wollte, musste schon immer Werbung machen. Also hatte er eine Bildertafel in Auftrag gegeben, mit genauer Bestellung, was auf deren einzelnen Feldern zu sehen sein sollte. Zuerst die Lebensgeschichte des heiligen Gregorius, mit allen seinen bekannten Wundertaten und noch ein paar neu erfundenen dazu, dann sein Märtyrertod und zuletzt der Schafhirte mit dem Engel.»

«Märtyrertod ...», sagte der König nachdenklich, denn

solche Sachen interessierten ihn quasi von Berufs wegen.

«Wie haben sie ihn denn umgebracht?»

«Irgendwie.» Die Prinzessin fasste sich an die Rippen, dort wo direkt unter ihrer linken Brust immer noch einzelne Blutstropfen aus der Schnittwunde quollen. «Mit Speeren durchbohrt, von mir aus.»

«Das ist langweilig», sagte der König.

«Oder den Löwen vorgeworfen.»

«Und wo haben sie Löwen hergenommen? Auf dem Land in Italien?»

«Dann sagen wir halt: Sie haben ihn auf einer Bank festgebunden, ihm die Fußsohlen mit Salz eingerieben und ein Schaf solang daran lecken lassen, bis er sich totgelacht hatte.»

«Das gefällt mir», sagte der König und lachte hustend.

«Weshalb er auch der Schutzpatron aller Schafhirten war.»

«Keine sehr zahlungskräftige Kundschaft.»

«Und aller Trauernden, die das Lachen verlernt haben.»

«Das ist besser», sagte der König. «Solche gibt es immer genug.»

«Der Kaufmann versuchte dem neuen Besitzer die Gebeine abzukaufen und bot auch gutes Geld dafür. Aber ungeschickterweise ließ er sich anmerken, wie sehr er an dem Geschäft interessiert war ...»

«Dilettant», sagte der König verächtlich.

«... und so verlangte der andere eine Summe, die jenseits von Gut und Böse war, oder doch weit jenseits von dem, was der Kaufmann in die Gebeine hatte investieren wollen. Doch weil ein unvollständiges Monopol keins mehr ist ...»

«Sehr richtig», sagte der König.

«... musste er schließlich den geforderten Preis bezahlen, und sich dafür, obwohl er doch ein wohlhabender Mann war, bei den lombardischen Geldverleihern hoch verschulden.»

«So was kommt vor», sagte der König und nickte einer Erinnerung nach. «Wie viel Zinsen haben sie denn im Monat verlangt?»

«Ist das wichtig?», fragte die Prinzessin.

«Ich habe die Sachen gern ordentlich.»

«Vierzehn Prozent», sagte die Prinzessin. Sie wusste, dass der König in der Regel fünfzehn nahm.

«Da ist er ja noch gut weggekommen.»

«Das dachte der Kaufmann auch. Er hätte auch sechzehn Prozent bezahlt, oder, wenn nicht anders machbar, sogar achtzehn. Das Monopol auf dem Reliquienmarkt war ihm das wert. Jetzt konnte er seinen Kunden nicht nur den Schädel vom heiligen Archibald liefern, die Hand vom heiligen Balthasar, oder das Wadenbein vom heiligen Chromatius ...»

«Vorher hast du einen anderen Namen gesagt», unterbrach sie der König.

«Für die Geschichte ist das nicht wichtig.»

«Trotzdem», sagte der König drohend. «Ich kann es nicht leiden, wenn man mich bescheißt.»

Draußen fuhr schon wieder ein Polizeiauto vorbei.

«Das Wadenbein vom heiligen Irgendwas. Chromatius. Cervatius. Chrysotomus.»

«Das war's», sagte der König befriedigt.

«Du passt gut auf», sagte die Prinzessin.

«Das muss man», sagte der König.

«Der Kaufmann hatte jetzt in seinem Katalog einen kompletten heiligen Gregorius zu bieten, und weil er sich vorgenommen hatte, damit besonders viel Geld zu verdienen, erzählte er überall herum, er denke gar nicht daran, die kostbaren Gebeine zu verkaufen. Er wolle sie lieber selber behalten, in der schweren Kiste verschlossen, und sie nur manchmal in der Abgeschiedenheit seines eigenen Hauses hervorholen und ganz allein anbeten.»

«War er denn fromm?», fragte der König.

«Nein», sagte die Prinzessin. «Er war schlau. Er schrieb an alle seine Kunden, er wolle auch sonst nichts mehr von seinen Schätzen hergeben, nicht einmal den Zeigefinger der heiligen Dorothea. Was natürlich zur Folge hatte ...»

«... dass die Preise stiegen. Mein Kollege, der mit den Ecstasy-Pillen, handelt auch mit Heroin, und wenn zu viel davon auf dem Markt ist, rückt er einfach ein paar Wochen nichts heraus.»

«Genauso machte es der Kaufmann», sagte die Prinzessin. «Weil er nun aber der Einzige mit einem nennenswerten Vorrat an anbetungswürdigen Knochen war, schossen die Preise auf dem Reliquienmarkt auf seine Ankündigung hin in die Höhe, und jeden Monat, wenn er den lombardischen Geldverleihern ihre Zinsen bezahlte, rechnete er sich befriedigt vor, dass er die Summe allein schon durch den Wertzuwachs seines Warenlagers um ein Mehrfaches wieder verdient hatte.»

«Rechnen muss man können.» Der König nickte. Da er dabei auf dem Rücken lag, faltete sich sein Doppelkinn zusammen und wieder auseinander.

«All die Klöster und Kirchen, die noch über keinen eigenen Märtyrer verfügten und darum im Konkurrenzkampf um einträgliche Pilger nicht mithalten konnten, schrieben ihm Briefe mit immer höheren Angeboten. Manche schickten eigene Delegationen los, was besonders für jene, die jenseits der Alpen angesiedelt waren, einen rechten Aufwand bedeutete. Ein wichtiger Abt kam sogar persönlich angereist, obwohl ihm die Regel seines Ordens eigentlich verboten hätte, die Mauern des Klosters zu verlassen. Er war von einem Trupp extra angemieteter Reisiger begleitet, um die Truhe voller Dukaten zu bewachen, die er mitgebracht hatte. Seine Hoffnung war, den Kaufmann mit dem Glanz des frischgeprägten Goldes überzeugen zu können.»

«Es gibt nichts so Wahres wie ein Haufen Bares», sagte der König.

«Genau», sagte die Prinzessin.

«Geld will jeder haben. Ich kenne das. Du bist die Einzige, die aus reiner Liebe bei mir bleibt.»

«So ist es», sagte die Prinzessin, die wusste, was von ihr erwartet wurde.

Der König tastete nach seiner Brieftasche, aber er konnte die Hose, in der sie steckte, nicht gleich finden. «Erinnere mich später daran, dass ich dir etwas gebe», sagte er. «Jetzt will ich hören, wie die Geschichte weitergeht. Hat er diesem reichen Abt etwas verkauft?»

«Nein», sagte die Prinzessin. «Obwohl ihm der die ganze Summe, mit der er eigentlich den heiligen Gregorius hatte erwerben wollen, nach ein paar Tagen auch schon für den Schädel des heiligen Archibald anbot. Eine Woche später sogar nur für die Hand vom heiligen Balthasar. Und nach noch einer Woche für das Wadenbein vom heiligen ...»

«Chrysotomus», sagte der König, als die Prinzessin zögerte.

«Ich hatte es nicht vergessen», sagte sie schnell. «Ich wollte nur sehen, ob du es noch weißt.»

«Ich habe ein gutes Gedächtnis», sagte der König. «Ein sehr gutes Gedächtnis», wiederholte er, und bei ihm klang das nicht prahlerisch, sondern drohend.

«Als man ihm schließlich die ganze Kiste voller Dukaten nur für den Zeigefinger der heiligen Dorothea bot, fand der Kaufmann, dass es jetzt an der Zeit sei, seinen Gewinn zu realisieren. Er schloss sich mit dem Abt in seinem Kontor ein und ließ ihn schwören, dass er drei Monate lang niemandem etwas von dem Handel erzählen würde.»

«Warum denn das?», fragte der König.

«Um die Preise nicht zu verderben. Bis dahin wollte er sein ganzes Lager geräumt und sich als schwerreicher Mann in den Ruhestand zurückgezogen haben.»

«Das nehme ich mir auch immer wieder vor», sagte der König. «Nur kommt jedes Mal etwas dazwischen.»

«Sie verabredeten sich also für die nächste Nacht, wo im Schutz der Dunkelheit die Übergabe ganz diskret stattfinden sollte. Geld gegen Ware. Aber ausgerechnet an diesem Tag traf aus Rom eine Nachricht ein, die ihm sein ganzes Geschäft kaputtmachen sollte. Dort waren nämlich vor einiger Zeit die Katakomben wiederentdeckt worden, und ...»

«Was sind Katakomben?» fragte der König.

«Unterirdische Gräber aus alter Zeit. Mit Tausenden von Schädeln und Gebeinen.»

«Alles Heilige?»

«Ursprünglich nicht», sagte die Prinzessin. «Aber jetzt hatte der Papst beschlossen, dass sie es sein sollten.»

«Kann man das einfach beschließen?», fragte der König.

«Wenn man Papst ist, schon. Und wenn man Geld braucht. Er schickte zu dem Zweck einen Kardinal mit einer Delegation in die unterirdischen Gänge, und der gab kraft seines Amtes jedem Knochenbündel einen Namen. ‹Das ist ab sofort der heilige Hyppolit›, sagte er, ‹das hier die heilige Immaculata, da drüben der heilige Jacobus, dort die heilige Konstanze ...› und so weiter und so fort. Jedes Mal schrieb einer seiner Priester den Namen auf, ein zweiter wedelte ein bisschen Weihwasser über die Gebeine, und schon gab es wieder einen Eintrag mehr im Kirchenkalender.»

«Aber zu diesen Heiligen gab es doch gar keine Geschichten», sagte der König ganz enttäuscht.

«Geschichten kann man sich ausdenken», sagte die Prinzessin. «Zu jeder der neuen Reliquien wurde eine mitgeliefert. Das war im Preis inbegriffen. Wobei sich bald zeigte, dass die Märtyrergeschichten mit den grausamsten Todesarten bei den Kunden am besten ankamen. Sie erzielten auch die höchsten Preise.»

«Das ist schon klar», sagte der König ungeduldig. «Aber diese neuen Heiligen waren doch gar nicht echt.»

«Sie hatten alle ein Zertifikat mit dem päpstlichen Siegel.»

«Trotzdem», sagte der König. «Sie konnten keine Wunder tun.»

«Warum nicht? Solang die Leute an sie glaubten ...»

«Die Geschichte gefällt mir nicht», sagte der König ungnädig. «Aber erzähl sie trotzdem zu Ende.»

Vor dem Fenster heulte schon wieder die Sirene eines Polizeiautos.

«Weil das Angebot an Schutzheiligen aller Preisklassen plötzlich so groß war», sagte die Prinzessin, «wurde die Ware schnell billiger. Ein richtiggehender Preissturz. Der Abt mit der Dukatentruhe zum Beispiel bekam für nur die Hälfte seines Geldes gleich fünf komplette Heilige. Einen für den Hauptaltar und vier für die Seitenkapellen. Für den heiligen Gregorius interessierte er sich überhaupt nicht mehr, obwohl der Kaufmann ihm den schließlich zum halben Preis anbot. Mit dem Schädel des heiligen Archibald als Zugabe. Der Zeigefinger der heiligen Dorothea war überhaupt nichts mehr wert. So etwas verschickte der Vatikan jetzt mit seinem eigenen Katalog als Warenmuster.»

«Dann blieb der Kaufmann also auf seiner Knochenkiste sitzen?»

«Nicht nur das», sagte die Prinzessin. «Er konnte den lombardischen Verleihern auch ihr Geld nicht zurückbezahlen. Und die wollten sofort die ganze Summe wiederhaben, nicht mehr nur die monatlichen Zinsen. Schließlich waren die Reliquien, die als Sicherheit für den Kredit gedient hatten, jetzt fast nichts mehr wert.»

«Ja, ja», sagte der König ungeduldig, «und der Kaufmann ging deswegen bankrott, und darüber soll ich dann lachen. Ich lache aber nicht. Es konnte gar nichts anderes kommen. Da hast du mir auch schon Besseres erzählt. Du musst dir wirklich mehr Mühe geben.» Mit einem schlechtgelaunten Grunzen wollte er sich schon auf seine Schlafseite wälzen, aber die Prinzessin war mit ihrer Geschichte noch nicht fertig.

«Der Bankrott war nicht das Schlimmste», sagte sie. «Bei weitem nicht das Schlimmste.»

Jetzt hörte ihr der König wieder zu.

«Die lombardischen Geldverleiher glaubten ihm nämlich nicht, dass er kein Geld mehr habe. Sie waren überzeugt davon, er habe es nur irgendwo versteckt. Und um ihn zum Reden zu bringen ...»

«Lass mich raten!» Der König spielte ganz aufgeregt mit dem Kreuz an der goldenen Kette. «Sie haben ihn ...»

«Gefoltert», bestätigte die Prinzessin.

«Das war nur logisch», sagte der König. «Aber wie haben sie es gemacht?»

«Zuerst schnitten sie ihm einen Finger ab. Und dann, als er nur schrie und kein Geld herausrückte, einen zweiten. Und danach einen dritten.»

«Und er hatte wirklich kein Geld mehr?»

«Nein», sagte die Prinzessin. «Er hatte alles in den heiligen Gregorius investiert. Das glaubten sie ihm nur nicht. Selbst als irgendwann alle seine zehn Finger vor ihm auf dem Tisch lagen.»

«Das ist lustig», sagte der König. «Nur: Ist er nicht ohnmächtig geworden? Das kommt oft vor, und dann verliert man immer endlos Zeit.»

«Ein paar Mal ist das wohl passiert», sagte die Prinzessin. «Aber sie hatten ihre Methoden, um ihn immer schnell wieder zurückzuholen.»

«Profis», sagte der König.

«Geschäftsleute», sagte die Prinzessin. «Sie dachten, irgendwann würde er ihnen doch noch ein Versteck verraten. Aber als sie ihm dann auch beide Ohren abgeschnitten hatten und gerade bei der Nase ansetzen wollten, fiel er plötzlich tot um. Herzinfarkt.»

«Ja», sagte der König, «das passiert manchmal. Da kann man sich noch so Mühe geben.»

«Zuerst wollten sie seine Leiche einfach in den Fluss werfen», sagte die Prinzessin. Sie redete jetzt ein bisschen schneller, wie sie es gegen Schluss einer Geschichte oft tat. «Aber dann hatte einer von ihnen eine bessere Idee.»

«Ja?», sagte der König.

«Sie haben ihn gekocht», sagte die Prinzessin.

«Was wird denn das für eine Geschichte?», fragte der König und verzog das Gesicht. «Du verdirbst einem ja den Appetit. Gleich wirst du mir erzählen, dass sie ihn mit Lorbeer und Pfeffer gewürzt und dann serviert haben.»

«Das war nicht nötig», sagte die Prinzessin und tupfte mit ihrem Nachthemd an der Wunde unter ihrer Brust herum. «Sie wollten nur das Fleisch von den Knochen lösen. Um dann das Skelett zu verkaufen.»

«An wen?»

«Irgendeinen süddeutschen Bürgermeister, der nach Mailand gekommen war, um für seine Stadt einen ungewöhnlichen Schutzpatron zu erstehen. Sie lösten zwar nicht so viel, wie der Kaufmann ihnen schuldete, aber doch noch einen ganz anständigen Preis. Weil der Bürgermeister nämlich die Geschichte so gut fand, die zum heiligen Lambartius gehörte.»

«Zum heiligen was?»

«Das war der Name, den sie sich für ihn ausgedacht hatten. Die Geschichte dazu ging so: Weil er seinem Glauben nicht abschwören wollte, schnitten ihm die bösen Heiden seine Finger ab. Einen nach dem andern. Aber selbst, als seine Hände nur noch blutige Stümpfe waren, schlug er immer noch das Kreuz. Und starb segnend und gesegnet.»

«Hübsch», sagte der König. «Wirklich hübsch.»

«Und noch heute pilgern die Leute in jener Stadt zu einem Schrein, in dem die Überreste eines Mannes liegen, dem alle Finger fehlen.»

Der König wälzte sich grunzend zur Seite und bekam mit einiger Mühe seine Hose zu fassen, die vor dem Bett auf dem Boden lag. Er holte die Brieftasche heraus und fingerte einen nicht zu großen Geldschein heraus. Als er ihn der Prinzessin reichen wollte, stutzte er plötzlich. «Du blutest ja», sagte er.

«Ja», sagte die Prinzessin.

«Das ist ja ekelhaft», sagte der König.

Die vierte Nacht

Der König hatte zum Essen Wein getrunken und war deshalb philosophisch gestimmt. «Warum hör ich mir eigentlich so gern deine Geschichten an?», fragte er.

«Weil sie nicht wahr sind», sagte die Prinzessin. «Die Wirklichkeit kriegst du umsonst.»

Der König knetete an seinem Bauch herum. Von Wein bekam er immer Sodbrennen. «Dann bezahl ich dich also dafür, dass du mich anlügst?»

«Das ist mein Beruf.»

«Quatsch. Nicht alle deine Kunden lassen sich Geschichten erzählen.»

«Doch», sagte die Prinzessin. «Am liebsten hören sie die hier.» Sie wölbte ihren Bauch in die Höhe und begann zu stöhnen. «Oh, oh, oh, was bist du doch für ein wunderbarer Liebhaber.» Und hörte mit Stöhnen wieder auf.

«Das hast du zu mir auch schon gesagt.»

«Da habe ich es auch gemeint.»

Der König dachte nach und beschloss, nicht weiter nachzudenken. «Ich hoffe, du hast dir für heute eine besonders schöne Lüge ausgedacht.»

«Eine besonders schöne Geschichte», sagte die Prinzessin. «Speziell für dich. Und die geht so: In Amerika lebte einmal ein alter Mann, dem gehörte eine große Firma. Er besaß Taxis, Busse und sogar ein paar Schiffe. Der mächtigste Transportunternehmer von ganz New York. Den Betrieb hatte er selber gegründet, vor vielen, vielen Jahren. Damals, noch vor dem großen Krieg, war er aus Russland gekommen, als ganz junger Flüchtling. Er hatte geglaubt, in ein Land zu gelangen, wo das Gold auf der Straße liegt, und er war bereit, sich zu bücken und es aufzuheben. Als die Fähre von Ellis Island am Pier anlegte, sprach er kein Wort Englisch. Die einzige Arbeit, die er finden konnte, war Autowäscher in einer Garage.»

«Weißt du, was mein erster Job war?», fragte der König. «Ich musste jeden Tag in allen Zeitungen die Todesanzeigen lesen. Wenn der Verstorbene ein Mann war, haben wir einen Packen Pornohefte an die Adresse geschickt. Mit Rechnung. Haben behauptet, die hätte er kurz vor seinem Tod noch bestellt. Das war den Hinterbliebenen dann so peinlich, dass sie meistens bezahlt haben.»

«Auch nicht schlecht», sagte die Prinzessin.

«Vielleicht hätte ich in der Branche bleiben sollen», sagte der König nachdenklich. «Es gibt nichts Sichereres als den Tod.» Ihm war immer noch schwer philosophisch zumute.

«Soll meine Geschichte lieber von einem Bestattungsinstitut handeln?», fragte die Prinzessin.

«Nicht nötig», sagte der König. «Schon gut. Erzähl nur weiter.»

«Kaum hatte der Einwanderer ein bisschen Englisch gelernt», fuhr sie also fort, «verließ er die Garage und wurde Fremdenführer auf einem Touristendampfer, der jeden Tag dreimal um die Südspitze von Manhattan fuhr. Den Hudson River hinunter und den East River hinauf. Und dann den East River hinunter und den Hudson River hinauf. Er wusste nichts von New York, aber er kaufte sich einen Stadtplan mit Beschreibungen und lernte den auswendig. Die Passagiere hatten zwar denselben Stadtplan in der Tasche, aber wer für eine Rundfahrt einen Dollar bezahlt hat, will für sein Geld auch etwas haben. Es waren immer mehrere Fremdenführer an Bord, aber er war der beliebteste, weil er auf jede Frage eine Antwort bereit hatte. Von jedem markanten Gebäude wusste er ganz genau zu sagen, wem es gehörte und was es damit auf sich hatte. Das konnte er, weil er von den wirklichen Geschichten keine Ahnung hatte.»

«Du meinst: obwohl er keine Ahnung hatte.»

«Nein», sagte die Prinzessin. «Weil. Tatsachen hätten ihn nur gestört. Er kannte die Häuser nicht, aber die Menschen dafür umso besser. Beobachtete sie und passte dann seine Antworten dem Fragesteller an. Das war auch nötig, wenn man etwas verdienen wollte. Die Fremdenführer wurden nicht bezahlt und lebten nur von Trinkgeldern.

Da war zum Beispiel eine Villa am Ufer des East River, eine bonbonfarbige verschnörkelte Scheußlichkeit mit immer geschlossenen Fensterläden. Der gab er dreimal am Tag einen neuen Besitzer, je nachdem, was für Leute gerade an Bord waren.

Für Jungvermählte auf der Hochzeitsreise, für die alles romantisch sein musste, erfand er einen reichen Mann, dem war seine Braut am Tag vor der Hochzeit gestorben, und jetzt hauste er schon bald fünfzig Jahre ganz allein in den prächtigen Räumen, die er für ihr gemeinsames Glück eingerichtet hatte. Das Tageslicht scheute er. Er ließ sich die notwendigsten Lebensmittel in einer Kiste vor die Tür stellen und holte sie nur nachts herein. Seit Jahrzehnten hatte ihn kein Mensch mehr zu Gesicht bekommen.

Männergesellschaften, die auf ihrem frauenlosen Ausflug etwas erleben wollten, erzählte er von einer kleinen blonden Broadway-Choristin, die wollte einen aufdringlichen Verehrer loswerden und sagte deshalb schnippisch zu ihm: ‹Also gut, ich gehe mit dir ins Bett – aber nur im Schlafzimmer meiner eigenen Villa.› Und so ließ der Mann, dickbäuchig und glatzköpfig, die Villa bauen, und als er gerade schnaufend seinen Lohn einkassierte, da traf ihn der Schlag. Dann lachten die Männer, tranken ihr Bier, und ein gutes Trinkgeld war gesichert.

Er erzählte von einem deutschen Spion und von der Mätresse des Bürgermeisters, von einem Gangsterkönig und von einem geheimnisvollen Orientalen. Er nahm sich immer vor, einmal herauszufinden, wem die Villa wirklich gehörte, aber er kam nie dazu. Er war viel zu sehr damit beschäftigt, etwas zu werden.

Von den gesparten Trinkgeldern kaufte er sein erstes Taxi. Sechzehn Stunden am Tag saß er hinter dem Steuer. Weil er sich nicht scheute, auch in die Quartiere zu fahren, die andere Chauffeure mieden, konnte er bald einen zweiten Wagen anschaffen und dann noch einen und noch einen. Später kamen Busse dazu, und zu jeder Reise, die er veranstaltete, verfasste er eine so phantasievolle Beschreibung, dass sich sogar Leute zum Mitfahren anmeldeten, die eigentlich lieber zu Hause geblieben wären. Sie wollten die versprochenen Erlebnisse nicht verpassen. Er war auch der Erste, der auf den Einfall kam, aufstrebende junge Schauspieler als Reisebegleiter einzustellen. Sie schilderten die

Attraktionen der Landschaft so überzeugend, dass es völlig überflüssig wurde, aus dem Fenster zu schauen.

Irgendwann, das war in den fünfziger Jahren, kaufte er dann auch die Rundfahrtboote, die immer noch jeden Tag mit ihren Touristenladungen rund um Manhattan schipperten. Den Hudson River hinunter und den East River hinauf. Er steigerte ihren Umsatz, indem er für die gleichen Touren immer neue Themen erfand. Das Manhattan der Reichen und Schönen oder das Manhattan der großen Verbrecher. Als er dann wirklich reich war, wollte er auch die verschnörkelte Villa erwerben, über die er in seiner Jugend so viele Geschichten erfunden hatte. Aber die war schon längst abgerissen und durch ein Geschäftshaus ersetzt worden.

Unterdessen war er fast neunzig Jahre alt. Seit er aus Russland gekommen war, hatte er die Stadt nie wieder verlassen.»

«Ich war noch nie in New York», sagte der König düster. «Die Welt ist zu groß, und man kommt zu nichts.» Es war ein schwerer Rotwein gewesen, und die Wirkung hielt immer noch an.

«Mit der Führung der Geschäfte», erzählte die Prinzessin weiter, «hatte der alte Herr schon lang nichts mehr zu tun. Das besorgte alles sein Sohn. Der war ein angesehener Geschäftsmann, saß in allen wichtigen Komitees und war Mitglied in allen richtigen Vereinen. Wer als Politiker in New York etwas werden wollte, kam zu ihm und bat um seine Unterstützung.»

«In Politiker habe ich nie investiert», sagte der König. «Sie werden immer im falschen Moment abgewählt.»

«Die Geschäfte liefen gut, denn er vergaß nie, was ihm sein Vater eingetrichtert hatte. ‹Wir verkaufen keine Reisen›, hatte er immer gesagt. ‹Wir verkaufen Träume.›

Er liebte seinen Vater, weil der ihm mit seiner Phantasie die Kindheit verzaubert hatte. Aus dem Weg zur Schule hatte er jeden Tag ein neues, spannendes Erlebnis gemacht, den Schleichpfad durch einen Dschungel voller wilder Tiere oder den feierlichen Aufmarsch zu einer Königskrönung. Beim Essen konnte sich in jeder Suppenterrine ein kostbarer Edelstein verbergen, und die Zeitung, die sein Vater gern bei Tisch las, war voller geheimer Botschaften. Man musste sie nur entschlüsseln und konnte das Land vor den gefährlichsten Feinden retten. Und nach all diesen Abenteuern ging man als kleiner Junge nicht einfach zu Bett, sondern enterte ein Piratenschiff oder stürmte ein Westernfort. Schöner konnte eine Jugend nicht sein.»

«Mein Vater war ein Arschloch», sagte der König.

«So schlimm?», fragte die Prinzessin.

«Noch schlimmer», sagte der König. «Ich habe ihn nie kennengelernt.» Seine philosophische Laune war jetzt verflogen, und nur das Sodbrennen war übriggeblieben. «Erzähl weiter», sagte er. «Ich brauche Ablenkung.»

«Gern», sagte die Prinzessin. «Der Sohn besuchte seinen Vater jeden Tag und erzählte ihm alles, was im Geschäft passiert war. Bis vor kurzem hatte ihm der alte Mann immer noch den einen oder anderen Ratschlag dazu gegeben oder hatte doch zumindest zustimmend genickt oder zweifelnd den Kopf hin und her gewiegt. Wenn ihm sein Sohn jetzt etwas zeigen wollte, den Katalog mit den modernsten Luxusbussen oder die Pläne für eine neue Bar auf einem der

Schiffe, dann schob er die hingestreckten Papiere von sich weg und sagte: ‹Das interessiert mich alles nicht mehr.› Stundenlang saß er nur noch da, das Kinn auf die Krücke seines Gehstocks gestützt.

Sein Sohn war besorgt um ihn und beschloss, dass in Zukunft immer eine Pflegerin im Haus sein müsse. Er beauftragte eine Agentur, und die schickte zuverlässige, erfahrene Frauen in gestärkten Uniformen. Sie kochten Tee und lösten Kreuzworträtsel. Wenn sie versuchten, den alten Mann mit harmlosem Geplauder zu unterhalten, dann wollte der nichts hören. Zu seinem Sohn sagte er: ‹Ich brauche keine Gesellschaft. Ich brauche gar nichts mehr.›»

Der König schlug sich mit der flachen Hand auf den schmerzenden Bauch. «Da hast du dir ja wieder mal eine wahnsinnig lustige Geschichte ausgedacht», grummelte er. «Ein alter Mann, den nichts mehr interessiert. Wahnsinnig lustig.»

«Es bleibt ja nicht so», sagte die Prinzessin.

«Das will ich hoffen», sagte der König.

«Als er wieder einmal zu seinem täglichen Besuch kam, hörte der Sohn schon im Flur, wie sein Vater lachte. So herzlich lachte, wie er es seit Monaten nicht vom ihm gehört hatte. Er trat ein und wollte ihn begrüßen, aber der alte Mann legte einen Finger an die Lippen und schüttelte den Kopf.

Die Pflegerin, die an diesem Tag Dienst hatte, war ungewohnt jung und trug auch keine Schwesterntracht wie ihre Kolleginnen. Sie war gekleidet wie ein junges Mädchen, das sich sein Studium hinter dem Tresen eines Hamburger- oder Pizzaladens verdient. Mit gekreuzten Beinen saß sie auf dem Boden und beendete die Geschichte, die den alten Mann so zum Lachen gebracht hatte: ‹Der Zauberer sagte seinen Spruch auf›, sagte sie, ‹und sein Zauberstab sprühte Funken. Aber weil er Arthritis hatte und seinen Arm nicht mehr gut bewegen konnte, zeigte er auf die falsche Stelle und verwandelte nicht den Haufen Zwiebeln in Gold, sondern die Nase des Zaren.›

Der alte Mann kicherte. ‹Sie erzählt mir Märchen›, sagte er.

‹Durch eine goldene Nase kann man nicht atmen, und deshalb fiel der Zar tot um, was im Volk großen Jubel auslöste. Er hatte seine Untertanen mit Steuern und Abgaben geplagt, und darum fanden die Leute, er hätte sich eine goldene Nase verdient.›

‹Russische Märchen›, sagte der alte Mann.

‹Sein Nachfolger wurde mit großem Pomp auf den Thron gesetzt, und drei Tage lang floss der beste Wodka aus allen Brunnen des Landes. Die goldene Nase aber liegt immer noch in irgendeiner Schatztruhe im Kreml. So›, sagte die junge Frau und stand auf. ‹Jetzt, wo Sie Besuch haben, kann ich mich ja verabschieden.›

‹Schade›, sagte der alte Mann.

‹Hat die Agentur Sie geschickt?›, fragte der Sohn.

‹Nicht direkt. Eigentlich hätte meine Mutter heute hier sein müssen. Aber sie ist mit einem so fürchterlichen Hexenschuss aufgewacht, dass ich für sie eingesprungen bin. Ich bin Studentin, aber jetzt sind Semesterferien.›

‹Woher kennen Sie russische Märchen?›

‹Ich kenne keine›, sagte die junge Frau. ‹Aber man kann sie sich ja ausdenken.›»

«So wie du das machst», sagte der König.

«So ähnlich», sagte die Prinzessin. «Dem alten Mann hatten die Märchen so gut gefallen, dass er darauf bestand, die Studentin müsse am nächsten Tag wiederkommen, und am übernächsten auch. Ihre Gesellschaft schien ihm gutzutun. Deshalb stellte sein Sohn sie gern ein und bezahlte ihr sogar mehr als den Pflegerinnen von der Agentur. Ihr kam der Job auch gelegen. Sie hatte schon lange nach einer Möglichkeit gesucht, sich etwas dazuzuverdienen.

Ein paar Wochen lang ging alles gut. Sie erzählte dem alten Mann Geschichten aus einem erfundenen Russland und brachte ihn damit zum Lachen. Manchmal auch zum Weinen, aber es waren angenehme Tränen. Wie im Kino, wenn einen das Happy End überwältigt.»

«Solchen Schrott sehe ich mir nie an», sagte der König. Und fügte verächtlich hinzu: «Märchen.»

«Russische Märchen», sagte die Prinzessin. «Es kamen Popen drin vor und Bojaren und Kosaken, die Kirchen hatten Zwiebeltürme, und die Wälder waren voller Pilze. Das Russland, das er damals verlassen hatte, war ganz anders gewesen, und doch fühlte sich der alte Mann an seine Jugend erinnert, eine viel glücklichere Jugend, als er sie tatsächlich gehabt hatte.

Eines Tages, er wollte gerade seinen Vater besuchen, begegnete der Sohn vor dem Haus zu seiner Überraschung einem Notar, den er von vielen Geschäftsterminen her kannte.

‹Ich hatte eigentlich erwartet, dass Sie bei der Sache dabei sein würden›, sagte der Notar.

‹Welche Sache?›

‹Sie wissen doch sicher Bescheid›, sagte der Notar. ‹Ihr Vater hat sein Testament geändert.›»

«So etwas Ähnliches habe ich erwartet», sagte der König und war sehr zufrieden mit sich. «Die junge Frau war natürlich eine Erbschleicherin, und der alte Trottel hat ihr sein ganzes Vermögen vermacht.»

«So weit ging er nicht», sagte die Prinzessin. «Aber er wollte für ihre Ausbildung sorgen und auch noch etwas darüber hinaus. Für seinen Sohn war das ein großes Problem. Nicht wegen der Summe. Die ließ sich ohne weiteres verkraften. Aber wenn so etwas einmal anfängt, kann es überall hinführen ...»

«Richtig», sagte der König.

«... und wer konnte schon wissen, was sein Vater nicht noch alles unterschreiben würde? Er versuchte mit ihm zu reden, aber der alte Mann wurde störrisch und meinte, noch sei er nicht bevormundet, die Firma und das ganze Vermögen gehörten immer noch ihm, und wenn es ihm passe, könne er es verschenken, wem er wolle.»

«Wenn sie alt werden, werden sie stur», sagte der König. Trotz seines Sodbrennens war er wieder ganz philosophisch geworden. «Nur wenn man Glück hat, sind sie schon vorher tot.»

«Wenn man Glück hat», wiederholte die Prinzessin.

«Hat er ein bisschen nachgeholfen?»

«Nein», sagte die Prinzessin. «Er liebte seinen Vater ja. Er tat nur, was er tun musste, um sein Erbe zu sichern. Er entließ die Studentin. Fristlos. Seinem Vater erzählte er, sie habe von sich aus gekündigt, weil sie sich auf das neue Semester vorbereiten müsse. Zur Pflege kamen jetzt wieder die bewährten Frauen in den gestärkten Uniformen. Sie versuchten mit dem alten Mann zu plaudern, und er weigerte sich, sie auch nur anzuhören.

Von diesem Tag an ging es rapid bergab mit ihm. Als er sich die Pläne für ein ganz neues Ausflugsschiff ansehen sollte, etwas, was ihn früher brennend interessiert hätte, drehte er nicht einmal den Kopf. ‹Ich sehe nichts mehr›, sagte er. ‹Ich bin blind.› Sein Sohn schleppte ihn zu den teuersten Spezialisten, und keiner konnte etwas feststellen. ‹Die Augen sind völlig gesund›, sagten sie, ‹geradezu beneidenswert für sein Alter.› Aber der Greis stieß immer häufiger sein Teeglas um oder stolperte über Türschwellen. Die Pflegerinnen hoben ihn auf und kochten neuen Tee. Dabei nickten sie wissend und meinten, es sei nicht das erste Mal, dass sie so etwas erlebten.

Sein Sohn wollte ihn in der teuersten Klinik anmelden, doch der Greis weigerte sich. ‹Wenn ich mich irgendwo behandeln lasse›, sagte er, ‹dann nur in Russland. In Moskau haben sie die besten Ärzte. Und überhaupt: Ich will noch einmal meine Heimat sehen, bevor ich sterbe.›

‹Ich denke, du siehst nichts mehr›, sagte der Sohn.

‹Vielleicht werde ich dort wieder gesund›, sagte der Vater.»

«Senil», sagte der König.

«Bald sprach der alte Mann nur noch von dieser Reise. Jeden Tag malte er sie sich genauer aus. Kein Flugzeug kam dafür in Frage, sondern nur ein Schiff. So wie er gekommen war, damals vor mehr als siebzig Jahren, als er in St. Petersburg ins Zwischendeck hinuntergestiegen war und es erst wieder verlassen hatte, als man sich der Freiheitsstatue näherte. Man konnte ihm hundert Mal erklären, dass es keine Passagierschiffe mehr gäbe, und auf dieser Strecke schon gar nicht. ‹Schiffe gibt es immer›, sagte er und war durch nichts von seinem Plan abzubringen. Wenn man ihm widersprach, regte er sich auf, manchmal so heftig, dass man einen Herzanfall befürchten musste.»

«Das wäre eine Lösung gewesen», sagte der König.

«Aber nicht die, die sein Sohn sich wünschte», sagte die Prinzessin. «Er sprach mit den Ärzten, und sie meinten, wenn ein alter Mensch sich so etwas Unmögliches in den Kopf setze, vor allem einer, der nichts mehr sehe, obwohl seine Augen doch völlig in Ordnung seien, dann könne das nur bedeuten, dass sich das Ende nähere. Da könne die Medizin nicht mehr heilen, sondern nur noch erleichtern. Zum Glück gäbe es Medikamente, die sich in solchen Situationen schon oft bewährt hätten. Die Patienten würden damit ruhig und friedlich, sagten die Ärzte, und irgendwann schliefen sie dann ein, ohne sich noch weiter mit Phantasien gequält zu haben.»

«Und ohne ihr Testament noch weiter zu ändern», sagte der König.

«Auch das wäre dem Sohn unterdessen egal gewesen», sagte die Prinzessin. «Er fuhr sogar drei Stunden weit zu der Universität, an der die Studentin sich eingeschrieben hatte, und bat sie, zurückzukommen und seinem Vater weiter russische Märchen zu erzählen. Sie ließ sich den Zustand des alten Mannes schildern und lehnte dann ab. Die Zeit für Märchen sei wohl vorbei, meinte sie. Aber sie hatte eine bessere Idee. Eine viel, viel bessere Idee.»

«Kommt jetzt der lustige Teil der Geschichte?», fragte der König.

«Jetzt kommt der Schluss der Geschichte», sagte die Prinzessin. «Als der Sohn seinen Vater das nächste Mal besuchte, sagte er zu ihm: ‹Es fahren zwar nicht mehr viele Schiffe nach Russland, aber ich habe doch eines für dich gefunden.›

‹Lang genug hast du dazu gebraucht›, sagte sein Vater.

‹Es fährt schon morgen ab›, sagte der Sohn. ‹Wir müssen anfangen, deine Koffer zu packen.›

Der alte Mann bestand darauf, dass er nicht viel brauche. ‹Nur eine kleine Tasche›, sagte er. ‹Mehr hatte ich damals auch nicht dabei.›

‹Diesmal wirst du nicht im Zwischendeck reisen›, sagte sein Sohn, ‹mit hundert anderen, Hängematte an Hängematte. Du wirst eine Kabine in der ersten Klasse haben, und einen eigenen Steward, der dir alles bringt, was du brauchst.›

‹Das ist mir egal›, sagte der Alte. ‹Solang es nur ein Schiff ist.›

‹Er wird dir heiße Fleischbrühe servieren, jeden Morgen und jeden Nachmittag, wenn du es dir in deinem Liegestuhl an Deck bequem gemacht hast.›

‹Deck oder nicht Deck›, sagte sein Vater. ‹Wenn man nichts mehr sieht, ist die Aussicht dieselbe.›

‹Ich hole dich ab und bringe dich zum Hafen.›

‹Ich kann auch ein Taxi nehmen›, sagte der alte Mann. ‹Sie gehören sowieso alle mir.›

Am nächsten Morgen berichtete die Pflegerin, ihr Schützling habe eine unruhige Nacht verbracht. Immer wieder habe er im Schlaf geredet, in einer Sprache, die sie nicht kenne. ‹Könnte es Russisch gewesen sein?›, fragte der Sohn. Doch, meinte sie, es könne durchaus Russisch gewesen sein.

Die Reisetasche war gepackt, und sie machten sich auf den Weg. Der alte Mann roch das Wasser, noch bevor sie das Ende der zweiundvierzigsten Straße erreicht hatten.»

«Woher kennst du dich in New York aus?», fragte der König.

«In meinem Beruf braucht man viel Urlaub.»

«Verstehe ich nicht», sagte der König. «Du liegst doch nur die ganze Zeit im Bett.»

«Sie kamen beim Pier an», erzählte die Prinzessin weiter, «und der alte Mann stützte sich schwer auf den Arm seines Sohnes. ‹Ist das Schiff bereit?›, fragte er.

‹Es ist alles bereit›, sagte der Sohn. Dann gingen sie an Bord.»

«Und das Schiff fuhr tatsächlich nach Russland?»

«Natürlich nicht», sagte die Prinzessin. «Solche Schiffe gibt es schon lang nicht mehr. Es war eines der Rundfahrtboote, die ihnen gehörten. In den nächsten Tagen fuhr es immer wieder den Hudson hinunter und den East River hinauf, und dann den East River hinunter und den Hudson hinauf. Immer dieselbe Strecke.

Am Tag saß der alte Mann in einem Korbstuhl an der Reling. Der Steward zupfte ihm die Decke über den Beinen zurecht und brachte ihm heiße Fleischbrühe. Es war kein richtiger Steward, nur der Mann, der sonst auf dem Boot die Hot Dogs verkaufte. Er trug auch kein weißes Jackett. Aber wenn der alte Mann ihn fragte: ‹Sind wir schon bald in Russland?›, dann wusste er, was er zu antworten hatte. ‹Bis Russland ist es noch weit.›

Am Abend gab es immer ein großes Diner, obwohl der Greis nur noch sehr wenig aß. Wenn man erster Klasse über den Ozean fährt, gehören große Diners dazu. Sie hatten ihm einen Tisch in dem Glasverschlag aufgestellt, in dem sich sonst die Touristen vor dem Regen schützten. Beim Essen hätte er die Lichter von Manhattan sehen können, aber er sah ja nichts mehr. Den Verkaufsladen für die Souvenirs hatten sie auch ausgeräumt und seine Kabine daraus gemacht. An der Wand hingen noch die Preislisten für die Schneekugeln mit dem Empire State Building und die T-Shirts mit der Freiheitsstatue, aber er war ja blind. Wenn sie ihm beim Essen sein Besteck in die Hand drückten oder ihn hinterher zu seinem Bett führten, fragte er jedes Mal: ‹Sind wir schon bald in Russland?› Und dann antworteten sie: ‹Bis Russland ist es noch weit.›

Erst wenn er eingeschlafen war – die Ärzte hatten ein Mittel verschrieben, das seinen Schlaf tief und traumlos machte –, legte das Schiff an. Sie füllten den Treibstofftank auf und nahmen frische Lebensmittel an Bord. Wenn er aufwachte, waren sie schon längst wieder auf hoher See, unterwegs nach Russland. Immer den Hudson hinunter und den East River hinauf, den East River hinunter und den Hudson hinauf. Ihre Schlaufe führte sie an all den Gebäuden vorbei, zu denen er als junger Reiseführer seine Geschichten erfunden hatte, auch an dem Geschäftshaus, das früher einmal eine verschnörkelte Villa gewesen war. Ihm erzählten sie von riesigen Öltankern, die am Horizont vorbeizögen, von spielenden Delphinen und einmal von einem

Eisberg. Dann nickte er, als ob er nichts anderes erwartet hätte, und fragte: ‹Sind wir schon bald in Russland?›

Bald aß er seine Fleischbrühe nicht mehr, und beim Galadiner blieb sein Essen unberührt. In dieser Nacht kam sein Sohn an Bord. Er wartete, bis sein Vater am nächsten Morgen wieder in seinem Korbstuhl saß und die immer gleiche Frage stellte. Dann nickte er dem falschen Steward zu, und der antwortete: ‹Ja, jetzt sind wir in Russland.›

Der alte Mann lächelte zufrieden. Weil er den Kopf auf die Krücke seines Gehstocks gestützt hatte, merkte man nicht gleich, dass er gestorben war.»

«Deine Geschichte geht nicht auf», sagte der König. «Er war vielleicht blind, aber doch nicht taub. Er muss doch all die anderen Schiffe gehört haben, die Flugzeuge und unter den Brücken die Autos.»

«Schon möglich», sagte die Prinzessin. «Aber wollte er es denn hören?»

Der König schwieg lange. Dann schlug er sich mit der Hand auf den nackten Bauch. «Hol mir ein Glas Wasser», sagte er. «Ich habe Sodbrennen.»

Die fünfte Nacht

«Es war einmal ...», sagte die Prinzessin. «Oder eigentlich: Es wird einmal sein.»

«Was ist das wieder für ein Quatsch?», fragte der König.

«Die Geschichte spielt in der Zukunft.»

«Hast du denn von der Zukunft eine Ahnung?»

«Nein», sagte die Prinzessin. «Zum Glück nicht.»

«Schade», sagte der König und kratzte sich unter dem Bund seiner Pyjamahose. «Ich möchte gern wissen, ob dieser verdammte Pickel hier endlich einmal abheilt.»

«Soll ich dir eine Salbe besorgen?»

«Wenn ich eine Krankenschwester brauche», sagte der König, «lass ich mir eine kommen. Erzähl.»

«Es war einmal – in zwanzig Jahren oder in fünfzig, aber ganz bestimmt noch in diesem Jahrhundert – ein junger Mann, der war schon eine ganze Weile mit seiner Freundin zusammen. Wenn sie nicht in der Zukunft gelebt hätten, wären sie vielleicht sogar verheiratet gewesen. Aber in ihrer Zeit war die Ehe aus der Mode gekommen.»

«Vernünftig», sagte der König.

«Eines Morgens, die beiden lagen noch im Bett, begann exakt um sieben Uhr die Matratze zu vibrieren. Das war eine neue Erfindung und holte einen auf viel angenehmere Weise aus dem Schlaf als ein Wecker.»

«Praktisch», sagte der König.

«Der junge Mann wurde auch sofort wach. Als er sich aufrichtete, sah er, dass neben ihm im Bett seine Freundin immer noch tief und fest schlief. Ihre Haare waren zerzaust wie bei einem kleinen Mädchen, und das fand er so niedlich, dass er beschloss, sie mit einem Kuss zu wecken. Er beugte sich also zärtlich über sie ...»

«Wird das eine Liebesgeschichte?», fragte der König. «Dafür bin ich überhaupt nicht in Stimmung.»

«Nein», sagte die Prinzessin. «Es wird keine Liebesgeschichte.»

«Dein Glück», sagte der König.

«Er beugte sich über sie», wiederholte die Prinzessin, «und drückte ihr einen Kuss auf die Wange. Seine Freundin öffnete verschlafen die Augen, sah ihn an und begann zu schreien.»

«Schreien?», fragte der König.

«Schreien», sagte die Prinzessin. «Mit weit aufgerissenem Mund und einer ganz hohen, schrillen Stimme, die er an ihr überhaupt nicht kannte. Zuerst dachte er, sie stecke in einem schlechten Traum fest und werde bestimmt gleich aufwachen, aber als er versuchte, sie beruhigend zu streicheln, schlug sie um sich und trat nach ihm.

‹Ich bin es doch›, sagte der junge Mann, aber diese Worte versetzten seine Freundin noch mehr in Panik. Sie starrte ihn an, als dürfe es ihn nicht geben, und verkroch sich dann, die Bettdecke eng um sich geschlungen, wimmernd in der äußersten Ecke des Zimmers.«

«Was hatte sie denn?», fragte der König.

«Angst», sagte die Prinzessin.

«Aber wovor?»

«Das konnte sich der junge Mann auch nicht erklären. Als er sie mit dem vertrauten Kosenamen ansprach, zuckte sie zusammen, und als er auf sie zuging, begann sie wieder zu schreien. ‹Geh weg!›, schrie sie und immer wieder: ‹Geh weg!›

Er wusste nicht, was er machen sollte, und entschied sich deshalb für das Alltägliche. Er war in einer Firma angestellt, wo man auf Pünktlichkeit großen Wert legte, und so beschloss er, zuerst einmal zur Arbeit zu gehen und dann später, wenn sie sich beruhigt haben würde, seine Freundin anzurufen. Er glaubte immer noch an einen bösen Traum.»

«Oder sie hatte Drogen genommen», sagte der König.

«Das wäre gut möglich gewesen. Die kaufte man in dieser Zeit im Supermarkt, und am Fernsehen machten Filmstars Werbung dafür.»

«Meinst du wirklich, dass das so kommt?», fragte der König.

«Vielleicht», sagte die Prinzessin.

«Da wär ich strikt dagegen», sagte der König. «Wenn man das Zeug überall kaufen kann, lässt sich nichts mehr damit verdienen. Man nennt das Angebot und Nachfrage.»

«Der Mann wollte sich anziehen», fuhr die Prinzessin fort, «aber bei jeder Bewegung, die er machte, geriet seine Freundin von neuem in Panik. Er nahm also seine Kleider und ging damit ins Bad. Angezogen und zum Weggehen bereit öffnete er noch einmal die Schlafzimmertür. Er konnte seine Freundin zuerst nicht entdecken. Dann hörte er sie schnell und heftig atmen und merkte, dass sie sich unter dem Bett verkrochen hatte. Er kniete nieder und beugte sich zu ihr hinunter. Als sie sein Gesicht vor sich sah, begann sie zu winseln. Dann flüsterte sie: ‹Du bist es nicht. Du bist es nicht. Du kannst es nicht sein.›»

«Was meinte sie damit?», fragte der König.

«Soll ich es dir gleich erzählen?», fragte die Prinzessin. Sie holte unter ihrem Kopfkissen eine Zigarettenpackung hervor, denn es hatte sich zwischen ihr und dem König die Gewohnheit eingebürgert, dass sie nach jeder Geschichte eine Zigarette rauchen durfte.

Der König schlug ihr die Packung aus der Hand.

«Noch nicht», sagte er. «So wie dieser verdammte Pickel juckt, kann ich sowieso nicht einschlafen.»

Also erzählte die Prinzessin weiter. «Der junge Mann versuchte seine Freundin zu beruhigen, aber es gelang ihm nicht. Was immer er auch zu ihr sagte, es schien ihren Zustand nur zu verschlimmern. Und berühren ließ sie sich überhaupt nicht. So überlegte er sich schließlich, dass es wohl am besten wäre, sie erst einmal allein zu lassen.»

«Eine faule Ausrede», sagte der König.

«Da magst du recht haben», sagte die Prinzessin. «Er wusste nicht, was mit ihr los war, und hatte Angst, etwas Falsches zu tun. Also zog er die Tür hinter sich zu und ging.

Als er zu seinem Wagen kam und einsteigen wollte, ließ der sich nicht öffnen. Er machte einen zweiten Versuch, und wieder passierte nichts. Als er zum dritten Mal am Griff herumhebelte, schaltete sich die Alarmanlage ein. Das Heulen der Sirene erschreckte ihn so sehr, dass er wie ein ertappter Dieb davonlief. Ein paar Leute schauten ihm nach, aber es verfolgte ihn niemand.»

«Weil niemand Scherereien will», sagte der König.

«Nein», sagte die Prinzessin. «Weil sich die Leute darauf verließen, dass er auch ohne sie gefasst würde. Das Auto wusste ja, wer versucht hatte, es zu öffnen. Und das bedeutete, dass auch die Polizei es wusste. Die Beamten mussten nur in ihrem System nachsehen, um festzustellen, wo sich dieser Jemand gerade befand. Genau zu diesem Zweck hatte man ja die persönlichen Karten eingeführt.»

«Was für Karten?», fragte der König.

«Es ist ganz einfach», erklärte die Prinzessin. «In dieser Zukunft war es so: Jeder Mensch musste immer eine Chipkarte bei sich tragen, auf der alle Angaben über seine Person gespeichert waren. Sein Name, sein Alter, der Wohnort, die Blutgruppe, die Höhe der Summe auf seinem Konto und so weiter und so weiter. Wenn man ein Auto kaufte, wurde das auf der Karte programmiert, und von dem Moment an diente sie dafür als Schlüssel. Sobald man mit der Karte in der Tasche vor seinem Wagen stand, öffnete sich die Verriegelung.»

«Und warum funktionierte das bei ihm nicht?», fragte der König.

«Das wusste er nicht», sagte die Prinzessin. «Er wusste nur, dass sein Wagen ihn aus irgendeinem Grund nicht erkannt hatte. Ein Fehler im System, dachte er, obwohl jedermann wusste, dass das System nie Fehler machte.»

«Mit so einer Karte kann man also jederzeit wissen, wo sich jemand befindet?»

«Genau», sagte die Prinzessin.

Der König kratzte nachdenklich an seinem Pickel herum. «Dann würde ich sie einfach nicht bei mir haben», sagte er.

«Ohne Karte wurde man sofort verhaftet. An jeder Ecke gab es Sensoren, die das überprüften.»

«Eine Scheißzukunft hast du dir da ausgedacht», sagte der König. «Da kriegt man ja einen schlechten Geschmack im Mund. Gib mal die Flasche vom Nachttisch rüber.»

Er nahm einen tiefen Schluck Whisky und noch einen. Das half ihm beim Nachdenken, hatte er ihr einmal erklärt.

Die Prinzessin schaute sehnsüchtig nach den Zigaretten, die jetzt verstreut auf dem schmutzigen Teppichboden lagen.

«Wenn man dauernd kontrolliert wird», fragte der König schließlich, «wie macht man dann in deiner Zukunft Geschäfte?»

«Es ist schwierig», sagte die Prinzessin.

«Eben», sagte der König.

«Aber sehr lukrativ, wenn es einem gelingt.»

«Mir würde es gelingen», sagte der König.

«Ganz bestimmt», sagte die Prinzessin. Dann erzählte sie weiter. «In die Gegend, wo sich sein Büro befand, fuhr auch eine Straßenbahn. Sie sah gar nicht so anders aus wie die, die man heute hat. Nur dass sie keinen Fahrer mehr brauchte. Und dass der Fahrpreis beim Einsteigen direkt vom Konto des Passagiers abgebucht wurde.»

«Über die Chipkarte.»

«Genau», sagte die Prinzessin. «Aber bei dem jungen Mann funktionierte das an diesem Morgen nicht. Statt dem leisen ‹Ping›, das üblicherweise die Abbuchung bestätigte, ertönte ein grelles Läuten. Alle Fahrgäste drehten sich nach ihm um. Man hörte dieses Geräusch selten, aber es wusste doch jeder, was es bedeutete: Da hatte verbotenerweise jemand einsteigen wollen, der nicht genug Geld auf dem Konto hatte, um die Fahrt zu bezahlen.

‹Was ist denn nur mit meiner Karte los?›, sagte der junge Mann. Er sprach absichtlich laut. Die Panne war ihm peinlich, und die andern Passagiere sollten wissen, dass es nicht seine Schuld war. Sie sahen ihn mit verschlossenen Gesichtern an und glaubten ihm nicht.

Es blieb ihm nichts anderes übrig, als zu Fuß zur Arbeit zu gehen. Der Weg war weit, und die Straßen nicht für Fußgänger gemacht. Von unterwegs versuchte er seine Freundin anzurufen. Aber sein Telefon ließ sich nicht einschalten, und er …»

«Moment», sagte der König. «Lass mich raten. Sein Telefon hing auch mit dieser doofen Chipkarte zusammen. Stimmt's?»

«Stimmt», sagte die Prinzessin. «Du findest dich schnell zurecht.»

«Das muss man können», sagte der König. «Sonst hat man keine Chance. Einmal habe ich ein neues Kartenspiel in einer Viertelstunde gelernt. Nur mit Zuschauen. Ich hab aber so getan, als ob ich überhaupt nichts kapiert hätte. Sie wollten mich ausnehmen, und ich habe ihnen die Hosen ausgezogen.»

«Ein hübsches Bild», sagte die Prinzessin.

«Ich würde mich auch in der Zukunft zurechtfinden. Letzten Endes ist alles eine Frage der Persönlichkeit.»

«Das mag wohl sein», sagte die Prinzessin.

Der König nahm noch einen Schluck Whisky. «Erzähl weiter», sagte er.

«Der junge Mann war erst ein paar Straßen weiter gekommen, als ihm etwas auffiel. Ein dunkelgrauer Kombi fuhr schon eine ganze Weile hinter ihm her, im immer gleichen Abstand. Der Wagen trug kein Firmenzeichen und kam ihm doch bekannt vor, ohne dass er hätte sagen können, woher.

Es konnte natürlich Zufall sein, dass der Kombi jedes Mal da war, wenn er sich umdrehte. Aber als er in eine Seitenstraße einbog, folgte er ihm immer noch. Versuchsweise ging er langsamer. Der Wagen kam nicht näher. Er beschleunigte seine Schritte. Der Wagen fiel nicht zurück.

‹Ich habe keinen Grund, mich vor irgendetwas zu fürchten›, sagte sich der junge Mann. ‹Ich habe mir nichts zuschulden kommen lassen.› Je angestrengter er versuchte, diesen Gedanken festzuhalten, desto mehr geriet er in Panik.

Er kam an einem Warenhaus vorbei, und ohne zu überlegen ging er hinein. Er war spät dran und hatte eigentlich keine Zeit für Umwege. Deshalb beeilte er sich immer mehr, begann schließlich zu rennen, stieß andere Kunden zur Seite und wurde von Verkäufern vorwurfsvoll angesehen. Vor einem Stand mit Uhren stolperte er und fiel hin. Als er wieder auf die Beine kam, merkte er, dass die Überwachungskameras an der Decke alle in seine Richtung geschwenkt hatten. Er versuchte zu lächeln, wie jemand, der sich über sein eigenes Ungeschick amüsiert. Es gelang ihm nicht wirklich.

Er verließ das Warenhaus durch einen Seitenausgang. Auf der Straße war von dem grauen Kombi nichts zu sehen. Zumindest das hatte er erreicht. Aber er fühlte sich trotzdem nicht ganz sicher und machte auf dem Weg zu seiner Firma mehrere Abstecher in verschiedene Läden. Er hatte schon mehr als eine Stunde Verspätung, als er endlich vor dem Bürogebäude ankam.»

«Klar», sagte der König. «Und der graue Kombi wartete schon auf ihn.»

Die Prinzessin musste ein sehr überraschtes Gesicht gemacht haben, denn der König begann zu lachen. Er lachte so heftig, dass er sich an seinem Whisky verschluckte. «Da staunst du», sagte er triumphierend, als er wieder sprechen konnte. «Aber Spielregeln lerne ich schnell. Habe ich dir erzählt, wie ich einmal ein Kartenspiel in nur einer Viertelstunde ...?»

«Ja», sagte die Prinzessin. «Das hast du mir erzählt.»

«Siehst du», sagte der König. «Da werde ich mir ja wohl auch noch eine von deinen Geschichten ausrechnen können. Also, der Kombi wartete schon auf ihn, und als er ankam ...»

«Nein», sagte die Prinzessin. «Von dem Lieferwagen war weit und breit nichts zu sehen.»

Der König nahm enttäuscht den nächsten Schluck. «Bist du sicher?», fragte er.

«Es ist meine Geschichte», sagte die Prinzessin.

«Na schön», sagte der König. «Und wie geht sie weiter?»

«Auch wo jemand arbeitete war auf der Chipkarte festgehalten, und darum hätte sich die Haustür eigentlich automatisch vor ihm öffnen müssen.»

«Aber sie tat es nicht.»

«Sehr richtig», sagte die Prinzessin. «Er klingelte also und musste, wie ihm schien, sehr lang warten, bis sich endlich über die Gegensprechanlage die Empfangsdame meldete. Er begann ihr zu erklären, dass mit seiner Karte etwas nicht in Ordnung sei, und dass er sich deshalb verspätet habe.

‹Wer spricht da, bitte?›, fragte sie.

Er nannte seinen Namen.

‹Hier arbeitet niemand, der so heißt.›

Ohne all die Dinge, die ihm an diesem Morgen schon zugestoßen waren, hätte er wahrscheinlich an einen Scherz geglaubt. Er kannte die Empfangsdame seit Jahren und hatte sogar, bevor er seine Freundin kennenlernte, eine kurze Affäre mit ihr gehabt. Aber hier ging es nicht um einen Scherz. Hier war etwas ganz grundsätzlich aus der Ordnung geraten, und er wollte endlich wissen, was es war. Die Anspannung des Tages machte seine Gedanken schneller. Ohne zu zögern sagte er: ‹Wer wo arbeitet oder nicht, das geht mich nichts an. Der Name steht auf dem Paket, das ich bei Ihnen abgeben soll. Eilsendung.›

‹Warum sagen Sie das nicht gleich?› Die Stimme aus der Gegensprechanlage klang vorwurfsvoll. Noch einmal musste er warten, dann öffnete sich endlich die Tür. Sie hatte sich gerade wieder hinter ihm geschlossen, als der graue Kombi vorfuhr.»

«Ich wusste es, ich wusste es», sagte der König und war ganz begeistert von sich selber. «Mir macht keiner was vor.»

Er hatte unterdessen schon sehr viel getrunken und musste deshalb über seinen Triumph so heftig lachen, dass ihm der Whisky aus der Nase lief, und er sie sich am Nachthemd der Prinzessin abwischen musste.

«Gern geschehen», sagte sie.

«Erzähl weiter», sagte der König.

«Der junge Mann fuhr mit dem Aufzug in die fünfte

Etage und betrat die Räume der Firma, bei der er angestellt war. Ein Kollege, der ihm begegnete, schaute an ihm vorbei, wie man an Leuten vorbeischaut, die einen nicht interessieren, und mit denen man nichts zu tun hat. Nur die Empfangsdame sprach ihn an.

‹Wo ist das Paket?›, sagte sie.

‹Ich bin es doch›, sagte er. Sie reagierte nicht darauf. Er wiederholte: ‹Ich›, und nannte seinen Namen.

‹Das Paket, bitte›, sagte die Empfangsdame. ‹Wir haben hier auch noch anderes zu tun.› Und dann, in einem ganz neuen Ton, erschrocken und ärgerlich: ‹He, wo wollen Sie hin?›

Er war einfach an ihr vorbeigegangen, ließ sie hinter ihrem kleinen Tresen einfach sitzen, öffnete die Tür mit der Milchglasscheibe, die zu den Büros führte und ging hinein. ‹Sie können doch nicht einfach ...›, hörte er sie noch sagen.

An seinem Schreibtisch saß eine Frau, die er noch nie gesehen hatte. Sie schien ihn nicht zu bemerken. Auf dem Bildschirm des Computers konnte er die Statistik erkennen, an der er gerade arbeitete. An der er bis gestern Abend noch gearbeitet hatte.

‹Das ist mein Büro›, sagte er.

Die Frau drehte sich zu ihm um. Ihr Gesicht war ihm völlig fremd. Sie trug eine Brille, die ihr ganz weit vorn auf die Nase gerutscht war. Er hätte nicht sagen können, warum ihn gerade das so irritierte.

‹Mein Schreibtisch›, sagte er.

‹Sie müssen sich in der Tür geirrt haben›, sagte sie. ‹Ich habe schon immer hier gesessen.› Sie lachte. ‹Oder ist das etwa Ihre Familie?›

Auf dem Schreibtisch, auf seinem Schreibtisch, stand ein gerahmtes Foto. Die Frau war darauf zu sehen. In der Aufnahme hing ihr die Brille an einem dünnen Kettchen vor der Brust. Neben ihr ein Mann, der besitzergreifend den Arm um sie gelegt hatte. Vor den beiden auf dem Boden ein kleines Mädchen mit einer Puppe.

Einen Augenblick lang hielt es der junge Mann für möglich, dass er wirklich die falsche Tür geöffnet hatte. Aber dann erkannte er den Bilderrahmen. Seine Freundin hatte ihn ihm geschenkt. Mit ihrem Foto darin. ‹Damit du mich bei der Arbeit nicht vergisst›, hatte sie gesagt. Seither stand der Rahmen auf seinem Schreibtisch. Einmal war ein Stapel Akten umgekippt, und der Rahmen war auf den Boden gefallen. In der rechten oberen Ecke fehlte seither ein Teil der Verzierung. In genau der Ecke, wo jetzt ein Fremder selbstgefällig aus dem Bild lächelte.

Der junge Mann hörte jemanden schreien, ganz ähnlich wie seine Freundin an diesem Morgen bei seinem Anblick geschrien hatte. Erst nach ein paar Augenblicken merkte er, dass es seine eigene Stimme war. Er packte die Frau, die ihm seinen Platz gestohlen hatte, an den Schultern, er schüttelte sie, und ...»

«Halt mal kurz an», sagte der König. «Ich glaube, ich habe mir meinen Pickel aufgekratzt.» Er tupfte mit einem Zipfel des Betttuchs an seinem Bauch herum und kippte dann einen Schuss Whisky über die wunde Stelle. «Das desinfiziert», sagte er.

«Musst du das im Bett machen?», fragte die Prinzessin.

«Auf dem Nachttisch wär's mir zu unbequem», sagte der König. «Du kannst schon wieder weitererzählen.»

«Du bist der Kunde», sagte die Prinzessin. «Vielleicht hätte der junge Mann der Frau die Finger um den Hals gelegt und so lang zugedrückt, bis sie nicht mehr behaupten konnte, das sei ihr Büro und ihr Schreibtisch, ihr Bilderrahmen und ihr Foto. Aber hinter ihm waren drei oder vier Männer ins Zimmer gekommen, die hielten ihn fest und drehten ihm die Arme auf den Rücken. Sie hatten Angst und taten es deshalb schmerzhafter als nötig.

Die Frau zeigte anklagend auf ihn und sagte: ‹Das ist ein Verrückter. Wie ist er hier hereingekommen?›

Sie führten ihn ins Büro seines Chefs. Weil keiner ihn loslassen wollte, waren sich die Männer dabei gegenseitig im Weg. Einer von ihnen war ein Kollege, mit dem er jeden Mittag in der Kantine am selben Tisch saß.

‹Du musst mich doch kennen›, sagte der junge Mann zu ihm.

Sein Kollege stieß ihn in den Rücken und sagte: ‹Ich habe Sie noch nie gesehen.›

Auch sein Vorgesetzter erkannte ihn nicht. Er wollte auch gar keine Erklärungen hören, sondern befahl nur seinen Mitarbeitern, den Eindringling auf gar keinen Fall loszulassen. Er kam hinter seinem Schreibtisch hervor, stellte sich vor den jungen Mann hin und durchsuchte dessen Taschen. Als er die Ausweiskarte fand, sagte er: ‹Aha.›

‹Das ist meine Karte›, sagte der junge Mann.

‹Es wird sich gleich erweisen.›

‹Sehen Sie sich doch das Bild an.›

Sein Chef betrachtete die Karte, schaute seinen Angestellten an, sah wieder auf die Karte, und so mehrere Male hin und her. Dann sagte er: ‹Ich kann keine Ähnlichkeit feststellen.›

‹Aber ich bin es.› Er sagte das so laut, dass ihn seine Kollegen noch fester packten.

Der Vorgesetzte ging an seinen Platz zurück. Auf seinem Schreibtisch stand ein Lesegerät, und vor dessen Sensor hielt er die beschlagnahmte Karte. Er warf einen Blick auf den Bildschirm und nickte dann. ‹Wie ich es mir gedacht habe. Dieser Ausweis gehört nicht Ihnen.›

‹Doch›, sagte der junge Mann.

‹Das ist nicht möglich›, sagte der Chef. ‹Der Inhaber dieser Karte ist tot.›

‹Es muss ein Fehler im System sein.› Der junge Mann merkte selber, dass er nicht überzeugend klang. Seine Stimme war unsicher. Am Ende des Satzes überschlug sie sich sogar.

Sein Chef lachte denn auch nur. ‹Wenn gleich die Polizei kommt, sollten Sie eine bessere Ausrede bereit haben. Das System macht keine Fehler.›

Manchmal, wenn man in der Klemme sitzt, entwickelt man ungeahnte Kräfte ...»

«Ich weiß», sagte der König.

«... und der junge Mann schaffte es tatsächlich, sich von den Männern, die ihn festhielten, loszureißen. Weil die sich gegenseitig behinderten, war er aus dem Zimmer gelaufen, noch bevor sie reagieren konnten.

Auf dem Flur war niemand. Die Tür zu seinem Büro stand offen. Als er daran vorbeirannte, konnte er aus den Augenwinkeln sehen, dass die fremde Frau vor seinem Computer saß und Zahlen eintippte. Als ob nichts geschehen wäre.

Die Empfangsdame, mit der er einmal eine Affäre gehabt hatte, stieß einen spitzen Schrei aus, als sie ihn zum Ausgang rennen sah. Genau so, erinnerte er sich, hatte sie immer geschrien, wenn sie im Bett zum Höhepunkt kam.

Der Aufzug war besetzt, und so nahm er die Treppe, zwei und drei Stufen aufs Mal. Im Treppenhaus begegnete er niemandem.

Als er ins Freie kam, sah er, wie aus dem grauen Kombi zwei Männer ausstiegen. Sie trugen dunkle Uniformen, die ihm fremd erschienen, obwohl er das Gefühl hatte, sie kennen zu müssen. Einer der Männer ging um das Auto herum. Dann kamen sie ohne Eile von zwei Seiten auf ihn zu.

Der junge Mann zögerte einen Moment und rannte dann auf die Straße hinaus. Er hörte noch eine Hupe und das Quietschen von Bremsen. Dann hörte er nichts mehr.»

«Überfahren?», fragte der König.

«Genau», sagte die Prinzessin.

«Und? War er tot?»

«Als die Leute aus seinem Büro aus dem Haus kamen, sahen sie ihn mitten auf der Straße liegen. Rund um seinen Kopf breitete sich eine Blutlache aus. Einer der uniformierten Männer kniete neben ihm, hielt sein Handgelenk und versuchte einen Puls zu erfühlen. Dann schüttelte er den Kopf und ließ los. Genau in diesem Augenblick war es ringsum so still, dass alle hören konnten, wie die leblose Hand auf den Boden klatschte.

Der andere Uniformierte warf nur einen Blick auf die verschreckte Gruppe der Büroangestellten und ging dann direkt auf den Chef zu. Er war ein erfahrener Beamter und hatte sofort erkannt, wer hier das Sagen hatte.

‹Kennen Sie den Mann?›, fragte er.

Der Chef schüttelte den Kopf. ‹Diesen Ausweis hatte er in der Tasche›, sagte er und streckte dem uniformierten Mann die Chipkarte hin. Der nahm sie und ging damit zum Kombi. Er holte ein tragbares Lesegerät heraus und hielt die Karte davor. Nach einem Augenblick nickte er.

‹Inhaber der Karte verstorben›, sagte er. ‹Es ist immer wieder erstaunlich, wie schnell das System reagiert.›»

«Und weiter?», sagte der König.

«Die Geschichte ist zu Ende», sagte die Prinzessin und wollte eine Zigarette vom Boden aufheben. Der König hielt ihren Arm fest.

«Nicht so schnell», sagte er. «Etwas hast du mir noch nicht erklärt. Dieser graue Kombi mit den beiden Uniformierten, was war das eigentlich?»

«Der Leichenwagen natürlich», sagte die Prinzessin.

Der König dachte nach. «Okay», sagte er dann. «Du darfst jetzt eine Zigarette rauchen.»

Die sechste Nacht

Der König stöhnte und schwitzte und fragte: «Wie war ich?»

Die Prinzessin antwortete, wie es von ihr erwartet wurde. «Du bist der Beste», sagte sie.

«Ich weiß.» Der König wälzte sich zur Seite und machte es sich bequem. Es war Zeit für seine Geschichte.

«Es war einmal ein Mann», sagte die Prinzessin, «der kam bei den Frauen nicht an.»

«Nicht so wie ich.»

«Nicht so wie du», bestätigte die Prinzessin. «Er war nicht hässlich, und er war auch nicht dumm ...»

Der König ballte die Faust.

«... aber er war schüchtern.»

«Glück gehabt», sagte der König.

«Wenn er eine Frau kennenlernte», fuhr die Prinzessin fort, «dann überlegte er jedes Mal so lange, was er sagen sollte, dass die falschen Worte schon draußen waren, noch bevor ihm die richtigen einfielen. Manchmal stotterte er sogar, und wenn ihn eine Frau trotzdem anlächelte, dann wusste er, dass sie es aus Mitleid tat. Mit dem anderen Geschlecht hatte er kein Glück.»

«Wenn das so eine Happy-happy-Geschichte wird», sagte der König, «wo er am Schluss die Miss World abkriegt, und wenn sie nicht gestorben sind, dann leben sie noch heute, wenn das so eine Scheißgeschichte wird, dann will ich sie gar nicht hören.»

«Er kriegt nicht die Miss World ab», sagte die Prinzessin.

«Die ist auch nichts für Schüchterne», sagte der König. «Frauen mögen Männer, die nicht lang fragen. Stimmt's?»

«Wenn du meinst», sagte die Prinzessin. «Einmal fuhr er im Urlaub nach Marokko. Nur eine Pauschalreise natürlich, denn als Assistent an der Universität verdiente er nicht viel. Er hatte irgendwo gelesen, dass man in Nordafrika besonders viele Single-Frauen antreffe. Aber in seinem Hotel waren nur lauter Paare, und als Einzelreisender bekam er im Restaurant den schlechtesten Tisch, direkt neben dem Klo.»

«Ich kriege immer den besten Tisch», sagte der König. «Weil ich am Trinkgeld nicht spare. Und weil sie wissen, dass ich unangenehm werden kann.»

«Das glaube ich dir», sagte die Prinzessin und erzählte weiter. «Er ging jeden Tag an den Strand, mietete einen Sonnenschirm und einen Liegestuhl und las eins der vielen Bücher, die er sich für den Urlaub eingepackt hatte. Ins Wasser ging er nur selten. Er hatte Angst vor Quallen und war auch anfällig für Sonnenbrand.

Am späten Nachmittag eines solchen Tages war er wieder einmal mit seinem Handtuch, seinem Buch und der großen Tube Sonnencreme auf dem Weg zurück ins Hotel, als ihm auffiel, dass überall im Sand Flaschen lagen. Kleine, altmodische Glasfläschchen, der Verschluss mit Pech verklebt. Einige waren zerbrochen. Man musste aufpassen, dass man nicht in die grünlichen Splitter trat.

Er überlegte gerade, wo all die Flaschen wohl herkommen mochten, als ein Mann in roten, goldbestickten Pluderhosen und mit einem grünen Turban auf dem Kopf auf ihn zutrat. Er trug einen Korb am Arm. Dem entnahm er genau so eine Flasche, wie sie überall herumlagen, und streckte sie ihm hin. ‹Arabische Nächte›, sagte er. ‹Die schönsten Frauen des Orients ganz ohne Schleier.› Dann ging er weiter.

Am Hals der Flasche war ein Zettel befestigt, der einen Nachtclub anpries. Ein Lokal für höchste Ansprüche, eingerichtet im klassisch arabischen Stil, unter Beratung durch einen der bedeutendsten Kunstwissenschaftler des Landes. Man habe bei der Ausstattung weder Mühe noch Kosten gescheut, stand da, und sogar dieses kleine Werbegeschenk sei einer bei Ausgrabungen entdeckten antiken Vorlage nachgebildet.»

«Ich habe einmal echte chinesische Antiquitäten verkauft», sagte der König. Er lachte. «Dabei kamen sie kistenweise aus einer Fabrik in Taiwan.»

«Taiwan gehört zu China», sagte die Prinzessin.

«Eben», sagte der König und lachte noch lauter. «Deshalb waren sie ja echt.»

«Der Club habe selbstverständlich Airconditioning, stand auch noch auf dem Zettel, und zu jeder vollen Stunde würden orientalische Bauchtänze geboten. Darunter war ein Gutschein. Wenn man den in die *Arabischen Nächte* mitbrachte, bekam man das erste Getränk umsonst. Im Wert von fünfzig marokkanischen Dirham.»

«Warst du mal in Marokko?», fragte der König.

«Einmal.»

«Und wie ist das so?»

«Ich habe mich sehr gut erholt», sagte die Prinzessin. «In dem Hotel waren außer mir nur Paare.

Der Mann», fuhr sie mit ihrer Geschichte fort, «nahm die Flasche mit in sein Hotelzimmer und legte sie in eine Tasche zu den andern Reiseandenken. Aus lauter Schüchternheit kaufte er fast jeden Tag Souvenirs, obwohl er zu Hause niemanden hatte, dem er sie hätte zeigen können. Er schaffte es einfach nicht, den fliegenden Händlern am Strand nein zu sagen.

Im Hotel, wo das Personal einen Gast, der sich nicht beschweren wird, sofort erkennt, hatte man ihm das schlechteste Zimmer gegeben, direkt über der Diskothek, wo bis früh um drei die Bässe wummerten. Als er endlich trotzdem eingeschlafen war, hörte er im Traum eine Stimme. Sie sagte etwas in einer Sprache, die er nicht verstand, es mochte Arabisch sein, aber vielleicht auch nicht. Die Stimme wiederholte dieselben Worte immer wieder, und er dachte noch: Was bin ich doch für ein Pechvogel. Da träume ich etwas und verstehe es nicht einmal. Aber dann grölten draußen auf der Straße ein paar betrunkene Touristen, und er merkte, dass er gar nicht schlief, und dass es deshalb auch kein Traum sein konnte. Die Stimme hörte er aber trotzdem, immer den gleichen Satz. Beinahe hätte er an die Wand geklopft, damit sie im Zimmer nebenan Ruhe gäben. Dann fiel ihm ein, dass neben ihm gar niemand wohnte. Dort war die Zentrale für die Warmwasserversorgung, wo jeden Morgen um fünf die Leitungen ächzten, bis der Kessel die richtige Temperatur erreicht hatte. Die Stimme klang aber trotzdem ganz nahe. Zu seiner Verwunderung schien es ihm, dass sie aus seiner Reisetasche kam. Er machte das Licht an und stieg aus dem Bett. Tatsächlich: Die Stimme kam aus der Flasche.

Ein Reklamegag, dachte er, irgend so etwas Elektronisches, wie man es manchmal in Glückwunschkarten findet. Er wusste nicht, wie man die ständige Wiederholung ausschalten konnte, und so stopfte er ein Kopfkissen über die Flasche, um doch noch ein paar Stunden schlafen zu können.

Als er aufwachte, war die Stimme verstummt. So lange konnte eine winzige Batterie ja auch nicht halten. Er verbrachte den Tag am Strand, las ein Buch, in dem sich ein unglücklich Verliebter umbrachte, kaufte einem Händler ein holzgeschnitztes Kamel ab, aß sein Abendbrot und legte sich zu Bett. Mitten in der Nacht begann die Stimme wieder zu sprechen. Immer denselben Satz in dieser fremden Sprache. Wahrscheinlich war es ein Reklamespruch und hieß so etwas wie ‹Besuchen Sie die *Arabischen Nächte*, und genießen Sie schöne Frauen ganz ohne Schleier.› Die Stimme schien lauter geworden zu sein, und er konnte sie selbst mit beiden Kissen nicht ganz zum Verstummen bringen. Er schlief sehr schlecht in dieser Nacht.»

«Warum hat er die doofe Flasche nicht einfach weggeschmissen?», fragte der König.

«Dazu hätte er mitten in der Nacht aus dem Zimmer gehen müssen», sagte die Prinzessin. «Und am Morgen dachte er nicht mehr daran, weil die Stimme wieder schwieg. Aber in der dritten Nacht ...»

«Wie viele Nächte hat diese Geschichte?», fragte der König.

«So viele du willst», sagte die Prinzessin.

«Dann ist das die letzte.»

«Gut», sagte die Prinzessin. «Es war die letzte Nacht seines Urlaubs, und die Stimme war noch lauter geworden. An Schlaf war nicht zu denken. Er stand also wieder auf, zog sich an und ging in die warme Nacht hinaus. Das einzige Ziel, das ihm einfiel, waren die *Arabischen Nächte*. Am Eingang des Lokals stand der Mann mit den Pluderhosen und dem Turban und fragte: ‹Haben Sie an Ihren Gutschein gedacht?›

‹Ich will nur mal reinschauen›, sagte der Mann.

Er konnte nicht feststellen, ob das Lokal wirklich mit stilechten arabischen Antiquitäten eingerichtet war, weil ihn die Blitze der Stroboskope zu sehr blendeten. Auf einem kleinen Podest tanzte eine Frau, die außer einer Kette mit Silbermünzen nichts anhatte. Die Musik war sehr laut und die Gäste waren betrunken. Das war kein Ort, an dem er sich wohl fühlte.»

«Blödmann», sagte der König. «Um Weiber aufzureißen gibt es nichts Besseres.»

«Das wusste er wohl nicht, und deshalb ging er gleich wieder hinaus. Er stand noch unschlüssig beim Eingang, als zwei Sicherheitsleute einen Mann aus dem Lokal drängten und wegschubsten.

‹Lass dich hier nie wieder blicken›, sagte einer von ihnen. Zumindest klang es so, als ob er das gesagt hätte.

Der Mann war hingefallen und rappelte sich jetzt mühsam auf. Es war ein älterer Herr, mit Anzug und Krawatte, und er machte keinen betrunkenen Eindruck.

‹Kann ich Ihnen helfen?›, fragte der Tourist.

‹Mir kann niemand helfen›, sagte der Mann.

Sie saßen dann im Mondschein nebeneinander unter einer Palme, und der Mann in dem fadenscheinigen Anzug erzählte ihm seine Geschichte. Er war Kurator in einem Museum gewesen, ein sicherer Posten, wie es in diesem Land nicht viele gab. Aber er hatte seine Stelle verloren, mit Schimpf und Schande hatte man ihn davongejagt, und schuld daran waren nur diese *Arabischen Nächte*, möchte Allah sie verdammen.

Er war von Beruf Kunstwissenschaftler, eben der Kunstwissenschaftler, der die Betreiber bei der Einrichtung hätte beraten sollen. Nur dass die gar keine Beratung wollten und überhaupt nicht daran dachten, auf ihn zu hören. Nur seinen Namen und seinen Titel hatten sie sich gemietet, um damit Werbung zu machen. Die Ausstattung war scheußlich und überhaupt nicht stilecht, ein fürchterliches Durcheinander, das einem Doktor der Kunstgeschichte nur Schande bereiten konnte. Aber das wäre nicht das Schlimmste gewesen. Was sollte man machen, wo der Staat einen doch so schlecht bezahlte? Das Schlimmste, das was seine Karriere ruiniert und ihm seine Stelle gekostet hatte, war, dass sie in seinem Museum eine Flasche gesehen hatten, eine kostbare, seltene Flasche aus antikem Glas, die wollten sie als Vorbild für ein Werbegeschenk verwenden. Und er, möchte Allah ihm verzeihen, war so dumm gewesen und hatte ihnen die Flasche geliehen. Hundertmal hatte er ihnen eingeschärft, sie müssten sie zurückbringen, sofort, noch am selben Tag, aber sie hatten sie irgendwo verloren, konnten sie nicht wiederfinden, und so hatte er sich verleiten lassen, möchte Allah ihm gnädig sein, eine Fälschung in die Vitrine zu stellen, eine von den Tausenden von Kopien, wie sie an allen Stränden verteilt wurden. Aber wer Pech hat, hat kein Glück, und natürlich war der Tausch entdeckt worden. Man hatte ihn aus dem Museum gejagt, und jetzt war er seit Monaten arbeitslos, er, einer der größten Fachleute für safidische Kunst.»

«Was ist safidisch?», fragte der König.

«Keine Ahnung», sagte die Prinzessin. «Das Wort klang so, als ob es in die Geschichte passen würde.»

«Erzähl weiter», sagte der König.

«Immer wieder war er zu den Leuten von den *Arabischen Nächten* gegangen, sagte der traurige alte Herr, die waren schließlich an seiner Entlassung schuld und verpflichtet, etwas für ihn zu tun. Aber sie lachten ihn nur aus und ließen ihn sogar aus ihrem Lokal werfen. War das nicht ein Skandal, fragte er seinen neuen Freund. War das nicht eine Gemeinheit, für die Allah sie bestrafen musste?

‹Ja, ja›, sagte der Mann, aber er hörte schon eine ganze Weile nicht mehr richtig zu. Konnte es sein, dachte er die ganze Zeit, konnte es sein, dass die echte Flasche irgendwie unter all die täuschend ähnlichen Kopien geraten war? Und dass sie jetzt in seinem Hotelzimmer in einer Reisetasche lag? Dass er eine antike Kostbarkeit besaß? Dass die Stimme, die er jede Nacht hörte, gar nicht aus irgendwelcher Elektronik kam, sondern dass sie ... dass sie ... dass sie ...»

«Seit wann stotterst du?», fragte der König.

«Der Mann stotterte», sagte die Prinzessin. «Wenn er sehr aufgeregt war, passierte ihm das sogar in seinen Gedanken. Er hatte in seinem Leben sehr viele Bücher gelesen, und in manchen waren Flaschen vorgekommen, in denen ein mächtiger Dschinn eingesperrt war.»

«Gin?», fragte der König. «So wie in Gin Tonic?»

«Nein», sagte die Prinzessin. «Ein Dschinn ist ein mächtiger Geist.»

«Und sitzt in einer Flasche?»

«Weil ihn jemand hineingezaubert hat.»

«Wird das ein Märchen?», fragte der König misstrauisch.

«Würde dich das stören?»

«Schon okay», sagte der König. «Solang es nicht allzu happy-happy wird.»

«Keine Angst», sagte die Prinzessin. «Er kriegt die Miss World nicht ab.»

«Dann erzähl weiter», sagte der König.

«Er ließ den älteren Herrn mit seinem Kummer einfach sitzen», fuhr die Prinzessin fort, «und nahm sich ein Taxi zurück ins Hotel. Weil er es eilig hatte und auch weil er dafür zu schüchtern war, handelte er nicht um den Preis und bezahlte viel zu viel für die kurze Fahrt. Aber das war ihm egal. Er rannte die Treppen hinauf, legte das Ohr an die Tür seines Zimmers und lauschte. Das Hotel war nicht sehr gut isoliert, das wusste er von den wummernden Bässen und den ächzenden Wasserleitungen her. Wenn die Stimme immer noch redete, hätte man sie von außen hören müssen. Aber alles war still.

Er schloss die Zimmertür auf und ging hinein. Er hatte noch nicht einmal das Licht angemacht, als die Stimme wieder anfing. Der immer gleiche unverständliche Satz. Aus seiner karierten Reisetasche.

Unter dem holzgeschnitzten Kamel und einem mit eingebrannten Ornamenten verzierten Ledergürtel lag die Flasche. Ganz vorsichtig holte er sie heraus. Sie schien in seinen Händen zu atmen, aber das bildete er sich wahrscheinlich nur ein.

Er schob die Mappe mit den Hotelprospekten zur Seite und stellte die Flasche auf das kleine Tischchen, das die einzig brauchbare Ablage im Zimmer war. Dann zog er den Sessel näher heran und setzte sich davor.

Die Flasche sagte ihren Satz. Wieder und wieder. Vielleicht war es doch nur Elektronik.

Er legte einen Finger an die Lippen und machte: ‹Pscht.› Die Flasche verstummte.»

«Warum?», fragte der König.

«Das wusste er auch nicht. Aber es hatte funktioniert. Er war so aufgeregt, dass er sich trotz der Klimaanlage den Schweiß von der Stirn wischen musste. Überdeutlich, so wie man zu einem Schwerhörigen spricht oder zu einem Ausländer, sagte er: ‹Ich möchte dich gern verstehen.› Und gleich noch einmal: ‹Ich möchte dich gern verstehen.›

Ein paar Sekunden lang hörte man nichts als die tiefen Töne aus der Diskothek. Dann begann die Flasche wieder zu sprechen.

‹Okay›, sagte sie. ‹Okay, okay, okay.› Sie sagte das natürlich nicht wirklich. Sie benutzte immer noch dieselbe unverständliche Sprache. Aber in seinem Kopf, er hätte nicht erklären können wie, kamen die Worte auf Deutsch an. ‹Ausnahmsweise›, sagte die Flasche. ‹Aber das zählt dann schon als dein erster Wunsch. Nur damit das klar ist.› Jetzt, wo er sie verstand, schien ihm die Stimme nicht sehr freundlich zu sein.

‹Wer bist du?›, fragte er.

‹Sag mir lieber, wer du bist›, antwortete die Stimme. ‹Ein ziemlicher Trottel, wie mir scheint. Seit drei Nächten rede ich auf dich ein, und kriege erst jetzt eine Antwort. Wenn ich einen Hals hätte, wär ich schon heiser.»

‹Tut mir leid›, sagte der Mann.

‹Davon kann ich mir auch nichts kaufen›, sagte die Stimme.

‹Bist du ein Dschinn?›

‹Nein›, sagte die Stimme. ‹Ich bin deine Großmutter. Kannst du mir eine noch idiotischere Frage stellen? Natürlich bin ich ein Dschinn. Der mächtigste Dschinn von allen.›

‹Und warum steckst du dann in einer Flasche?›

Die Stimme antwortete nicht gleich. Dann sagte sie ärgerlich: ‹Sehr viel Feingefühl hast du auch nicht gerade, was? Kannst du dir nicht vorstellen, dass man an gewisse Dinge nicht gern erinnert wird?›

‹Tut mir leid›, sagte der Mann.

‹Hör auf, dich zu entschuldigen›, sagte die Stimme. ‹Mach lieber die verdammte Flasche auf, und lass mich raus.›

Der Mann schluckte, denn er war, wie gesagt, sehr schüchtern. Aber dann fragte er doch: ‹Und was bekomme ich dafür?›»

Der König grunzte befriedigt. «Na also», sagte er. «Geht doch. Das erste vernünftige Wort, das dieses Weichei von sich gibt.»

«‹Du bekommst eins in die Fresse›, sagte der Dschinn. ‹Wenn du nicht sofort diese Flasche aufmachst.›»

«Reiner Bluff», sagte der König.

«Das dachte der Mann auch. Er war, wie gesagt, nicht dumm. Aber trotzdem zitterte seine Stimme ein bisschen, als er sagte: ‹Ist es nicht üblich, dass man etwas dafür kriegt? In den Büchern steht immer ...›

‹Bücher, Bücher, Bücher›, äffte ihn der Dschinn nach.

‹Ich meine ja nur. Wenn ich dich aus dieser Flasche erlösen soll ...›

‹Okay›, sagte der Dschinn. ‹Okay, okay, okay. Der übliche Tarif. Drei Wünsche nach freier Wahl. Das heißt: für dich sind es nur noch zwei.›

‹Wieso?›

‹Einen hast du schon als Vorschuss bezogen. Die Fähigkeit, Altpersisch zu verstehen. Wird dir im Leben sehr nützlich sein, wenn du jemanden triffst, der die Sprache auch spricht.› Der Dschinn lachte, und es war kein angenehmes Geräusch.

Ich müsste jetzt um den Preis handeln, dachte der Mann. Aber dafür fehlte ihm jedes Talent. Na ja, dachte er. Zwei Wünsche waren auch nicht schlecht.»

«Er hätte sich einfach eine Million Wünsche wünschen sollen», sagte der König.

«Das ist im Kleingedruckten ausgeschlossen», sagte die Prinzessin. «So viel wusste er aus seinen Büchern. Zwei Wünsche hatte er noch frei. Das wollte gut überlegt sein.

‹Na los, Tempo, Tempo›, sagte der Dschinn.

‹Ich muss nachdenken.›

‹Spar dir die Mühe. Am Schluss wünschst du dir ja doch nur, was sich immer alle wünschen. Unendlicher Reichtum und die Liebe der schönsten Frauen.›

‹Könnte ich die kriegen?›, fragte der Mann und hatte ganz feuchte Hände.

‹Null Problemo›, sagte der Dschinn.

‹Und sie würden mich unwiderstehlich finden?›

‹Süßer als türkischer Honig.›

‹Wenn das so ist ...›, sagte der Mann. In der Minibar war ein Flaschenöffner. Damit konnte man bestimmt ...»

«Stopp», rief der König. «So blöd kann einer gar nicht sein. Mit unendlichem Reichtum kann er sich alle Weiber dieser Welt kaufen. Dafür braucht er keinen Wunsch vergeuden.»

«Aber würden sie ihn lieben?»

«Wenn man genügend bezahlt», sagte der König, «tun sie auch das.»

«Wie du meinst», sagte die Prinzessin. «Dann geht die Geschichte so weiter: Der Mann dachte hin und her und kam zu keinem Schluss. Der Dschinn in seiner Flasche wurde immer ungeduldiger und grummelte: ‹Es hat sich schon mal einer totüberlegt.›

‹Ich kann mich einfach nicht entscheiden›, sagte der Mann.

‹Ewige Gesundheit kann ich auch empfehlen. Das wird immer gern genommen.›

‹Ich weiß einfach nicht. Wo ich doch nur zwei Wünsche habe.›

‹Okay›, sagte der Dschinn. ‹Okay, okay, okay. Drei Wünsche. Das Altpersische leg ich dir als Bonus obendrauf. Du bist ein verdammt harter Verhandler.›

‹Ich sollte doch besser noch mal drüber schlafen›, sagte der Mann. Und so sehr der Dschinn auch schimpfte und zeterte, seine Flasche blieb erst mal versiegelt. Zum Schlafen kam der Mann allerdings kaum. Erstens war er zu aufgeregt dafür, und zweitens hörte er bis zum Morgengrauen die Stimme des Dschinns. Es war wieder der immer gleiche Satz, aber diesmal verstand er ihn. ‹Hallo›, sagte der Dschinn. ‹Hallo, da draußen. Ich habe ein Angebot für dich.›

Am nächsten Morgen ging er zum Frühstück in den Speisesaal, und allein schon die Vorstellung, die schönsten Frauen der Welt könnten sich in ihn verlieben, hatte ihn so verändert, dass die Kellnerin ihn anlächelte. Und diesmal nicht aus Mitleid.

Er packte seine Sachen zusammen, ordentlich, wie es seine Art war. Die Flasche mit dem zugeklebten Verschluss wickelte er sorgfältig in drei Paar Unterhosen und legte sie zuoberst in die karierte Reisetasche. Der Dschinn protestierte nicht. Am Tag war er zum Schweigen verdammt. Deshalb hatte er auch im Museum nie jemanden um Hilfe bitten können. Dort wurde immer pünktlich um fünf geschlossen.

Der Mann bezahlte seine Hotelrechnung, und die hübsche junge Dame am Empfang lächelte ihn an und sagte: ‹Wirklich schade, dass Sie nicht länger bei uns bleiben können.›

‹Ja›, sagte er. ‹Wirklich schade.›

Dem Hotelboy, der ihm seinen Koffer zum Bus trug – die Reisetasche ließ er nicht aus den Händen –, gab er ein großzügiges Trinkgeld. Wenn ich erst reich bin, nahm er sich vor, werde ich auch für den entlassenen Museumskurator etwas tun. Eine Rente oder so. Ich kenne zwar seinen Namen nicht, aber wenn Geld keine Rolle spielt, kann es kein Problem sein, so etwas herauszufinden. Er lächelte zufrieden, und eine Frau, die neben ihm auf das Einsteigen wartete, lächelte so herzlich zurück, dass ihr Freund ganz ärgerlich wurde.

Als er für seinen Flug eincheckte, fragte ihn die Stewardess: ‹Haben Sie einen besonderen Wunsch, wo Sie sitzen möchten?› Das war ihm noch nie passiert.

Er ging durch die Passkontrolle und hatte gerade seine Papiere wieder eingesteckt, als ein uniformierter Mann auf ihn zutrat und sagte: ‹Zollbehörde. Würden Sie bitte mal mitkommen, Monsieur?›»

«Bei der Ausreise kontrollieren sie einen nie», sagte der König.

«Manchmal machen sie Stichproben.»

«Gut, dass man das weiß», sagte der König.

«Der Mann musste dem Beamten in ein kleines Büro folgen», erzählte die Prinzessin weiter, «und dort seine Reisetasche auspacken. Das Holzkamel, den Gürtel, drei blaubemalte Tonkrüge.

‹Und was ist da drin?›, fragte der Beamte und wies auf das Unterhosenpaket.

‹Nur ein Werbegeschenk›, sagte der Mann. ‹Von einem Nachtclub. *Arabische Nächte*. Eine Flasche aus Plastik oder so.›

Aber er war im Lügen nicht geübt und fing vor Aufregung an zu stottern. ‹Völlig wert ... wert ... wertlos›, sagte er.

‹Dafür haben Sie sie aber sehr sorgfältig eingewickelt›, sagte der Beamte. ‹Auspacken.›

Es blieb ihm nichts anderes übrig. Seine Finger zitterten, so dass er die Flasche beinahe fallen ließ. Der Beamte nahm sie, drehte sie zwischen den Händen und roch sogar daran. ‹Antik›, sagte er. ‹Haben Sie ein Zertifikat dazu?›»

«Bei den echten chinesischen Antiquitäten hatten wir immer Zertifikate», sagte der König. «Die hat die Fabrik in Taiwan gleich mitgeliefert.»

«Der Mann hatte natürlich keins. Und auch keine Ausfuhrbewilligung vom marokkanischen Kulturministerium. Die Flasche wurde beschlagnahmt, und er konnte noch von Glück reden, dass er nicht verhaftet und wegen Kunstraub angeklagt wurde. Der Beamte gehörte nicht zu den Fleißigsten seines Berufs und hatte die aktuelle Liste der verschwundenen Antiquitäten nicht studiert. Dort hätte er exakt diese Flasche gefunden. Mit dem Vermerk: ‹Per Trickdiebstahl aus einem Museum entwendet.›

Der Mann musste ohne Flasche und ohne Dschinn nach Deutschland zurückfliegen. Er wurde nicht reich, und die schönsten Frauen der Welt verliebten sich nicht in ihn.»

«Ein trauriger Schluss», sagte der König.

«Du wolltest ja nicht happy-happy», sagte die Prinzessin. «Aber die Geschichte ist noch nicht ganz zu Ende. Ein paar Wochen später las er in der Zeitung vom großen Glück eines einfachen marokkanischen Zollbeamten. Der hatte dreimal hintereinander in der Lotterie den Hauptgewinn gemacht und sich daraufhin ein Schloss am Meer gekauft und die Miss World geheiratet.»

«Und der Mann hat sich umgebracht», sagte der König.

«Das wollte er zuerst tatsächlich», sagte die Prinzessin. «Aber dann bot man ihm eine Professur für Altpersisch an, mit gutem Gehalt und Pensionsberechtigung. Da war er denn auch ganz zufrieden.»

«Knapp vorbei ist auch daneben», sagte der König. «Möchtest du eine echt antike chinesische Vase haben? Irgendwo stehen noch ein paar Kisten von den Dingern.»

Die siebte Nacht

«Es war einmal ein Mann», sagte die Prinzessin, «der hatte immer noch Angst. Sie hatten ihm einen neuen Namen gegeben, eine neue Vergangenheit und eine neue Heimat, aber wenn er nachts ein Geräusch hörte, schreckte er immer noch auf. Manchmal waren es auch die eigenen Schreie, die ihn weckten.»

«Mmm...», machte der König. Er lag mit angewinkelten Beinen auf der Seite, den Daumen im Mund. Einmal, als sie ihn noch nicht so gut kannte, hatte die Prinzessin ihn so gesehen und gedacht, er sei eingeschlafen. Sie hatte mit Erzählen aufgehört und begonnen, sich die Nägel zu lackieren. Auf der Tapete waren immer noch die blutroten Spuren zu sehen, wo er das Lackfläschchen hingeschmissen hatte.

Klüger geworden, erzählte sie immer weiter, bemüht, ihre Stimme weder zu sehr zu heben noch zu sehr zu senken. «Es gab viele unvertraute Geräusche», sagte sie, «dort wo er jetzt lebte. Sie hatten ihm die ganze Welt angeboten, außer seinem eigenen Land natürlich. Einen Atlas hatten sie ihm hingelegt wie einen Katalog und ihn aufgefordert, etwas auszuwählen. Er hatte darin geblättert, ohne zu wissen, was er eigentlich suchte. Nur weit weg sollte es sein, das war selbstverständlich. Möglichst weit weg.

Die Insel war ihm wegen ihres Namens aufgefallen. Die

vielen Vokale klangen nach Sonne und Gewürzen, nach Urlaub und lauen Nächten, in denen man mit neuen Freunden am Strand saß und über alles redete. Nur nicht über das eine.

Als er ihnen seine Wahl mitteilte, ließen sie sich keine Meinung dazu anmerken. Keiner nickte zustimmend, und keiner übte Kritik. Es sei allein seine Entscheidung, sagten sie.

Überhaupt wurde alles so gemacht, wie er es haben wollte. Das gehörte zu ihrem Deal, und sie erfüllten ihren Teil. Nur seinen Namen durfte er nicht selber aussuchen. Damit hätten sie keine guten Erfahrungen gemacht, meinten sie. Allzu leicht lasse man etwas Eigenes mit einfließen, gerade wenn man versuche, das nicht zu tun, und lege so eine Spur. Sie übten mit ihm, bis er auf den alten Namen nicht mehr reagierte und beim neuen ganz von selber den Kopf hob. Sie gaben sich große Mühe mit ihm, obwohl sie ihn nicht mochten. ‹Wenn dich morgen einer erschießt, werden wir an deiner Beerdigung nicht weinen›, sagten sie. Aber sie hatten ihren Berufsstolz.»

«Mmm ...», machte der König wieder und zog die Decke enger um sich. Solang er nur weiter den Klang ihrer Stimme hörte, sagte ihr die Erfahrung, würde sie Ruhe vor ihm haben.

«Irgendwann», fuhr sie deshalb fort, «gab er auf alle Fragen die richtige Antwort, selbst wenn sie ihn mitten in der Nacht dafür weckten. Wo geboren, wann geboren, Name der Mutter. Das erste Schulhaus und die letzte Anstellung. Schließlich sagten sie, er sei nun bereit. Mehr könnten sie nicht für ihn tun.

Zum Abschied schüttelte ihm keiner die Hand.

Als er sich auf die Reise machte, war er zum ersten Mal seit Monaten wieder ganz allein. Bei der Passkontrolle schien es ihm, dass der Beamte ungewöhnlich lang auf den Bildschirm starrte, die Angaben viel zu ausführlich überprüfte. Aber dann schob der ihm die neuen Papiere, die so überzeugend alt aussahen, wieder hin und war mit seiner Aufmerksamkeit schon beim nächsten Reisenden.

Im ersten Flugzeug fiel ihm ein Mann auf, der seine Zeitung nie umblätterte. Vielleicht las er gar nicht, sondern wollte nur sein Gesicht dahinter verstecken. Doch dann begann der Mann zu schnarchen und war tatsächlich eingeschlafen.

Er musste dreimal umsteigen, jedes Mal auf einem noch kleineren Flughafen. Am Schluss waren da so wenige Reisende, dass jeder, der ihm hätte folgen wollen, bestimmt aufgefallen wäre.

‹Da war keiner›, sagte er zu sich selber. ‹Ich hätte das bemerkt.› Trotzdem sah er sich immer wieder um.

Er kam mit dem Postschiff auf der Insel an. Außer ihm ließ sich niemand ans Ufer rudern. Ein ganzes Komitee schien auf ihn zu warten, lauter alte Männer. In einer langen Reihe hockten sie auf dem Boden. Sie warteten aber nicht auf ihn. Sie warteten auf gar nichts. Er lernte bald, dass sie jeden Montag und jeden Donnerstag dort saßen, immer wenn die Briefe ankamen, von denen nie einer an sie adressiert war.»

Die Prinzessin gähnte. Sie war müde und durfte doch noch nicht mit Erzählen aufhören. Der König lag reglos da, schlief aber nicht. Er würde noch lang nicht schlafen.

Sie versuchte, ihre Stimme so eintönig wie möglich zu machen.

«Er gewöhnte sich an seine neue Heimat», sagte sie, «an den Regen, der manchmal tagelang auf das Wellblechdach trommelte, und an die Insekten, die einen immer noch weiterstachen, wenn man sie schon erschlagen hatte. Er gewöhnte sich daran, jedes Mal die Schuhe auszuschütteln, bevor er hineinschlüpfte, weil sich die Skorpione gern in ihnen verkrochen. Er gewöhnte sich an die fade Konsistenz von Schildkrötenfleisch und an die Kokosnussmilch, die schon bald nicht mehr exotisch schmeckte, sondern nur noch langweilig. Er gewöhnte sich an alles.

Nur nicht an die Geräusche. Die Brandung, natürlich, die hörte er schon gar nicht mehr, auch nicht das Summen des Generators, der das Dorf mit Strom versorgte. Aber da gab es einen Vogel, der lachte wie ein alter Mann, heiser, hämisch und triumphierend. Auf der Insel sagte man, sein Ruf bringe Glück, aber ihm schnürte es jedes Mal den Hals zu, bis er nach Luft schnappen musste wie ein Ertrinkender. In der Nacht, wenn das Blech nicht mehr von der Sonne glühte, rannte manchmal ein Tier über das Dach, und dann glaubte er Schritte zu hören, und der Schweiß klebte ihm kalt am Körper, ganz egal, was das Thermometer anzeigte. Es genügte, dass ein Hund bellte oder ein Hahn krähte, und schon meinte er, dass sie ihn gefunden hätten, irgendwie, dass er einen Fehler gemacht habe, irgendwo, und dass sie jetzt gekommen seien. Jedes Mal war er sicher, dass er sterben würde.»

«Mmm ...», machte der König.

«Am Tag war es weniger schlimm», sagte die Prinzessin.

«Sein Haus — es war nur eine Hütte, aber sie hatten ihm ein Haus versprochen, und darum nannte er es auch selber so —, sein Haus stand am Rand des Dorfes, und wenn sich jemand näherte, sah man ihn von weitem kommen. Die Nachbarn schauten manchmal auf ein Schwätzchen vorbei, nicht weil sie sich für ihn interessierten, sondern weil er einen Eisschrank besaß, und das Bier bei ihm kalt war.

Man hatte ihn akzeptiert auf der Insel. Er war der Fremde und hatte damit seine Rolle gefunden. Wenn am Montag und Donnerstag das Postschiff kam, und die alten Männer am Strand ihr Spalier bildeten, dann boten sie ihm schon mal ein Stück von der bitteren Wurzel an, auf der sie stundenlang herumkauten, und lachten zahnlos, wenn er vergeblich versuchte, den braunen Saft in ebenso hohem Bogen wegzuspucken, wie sie es taten.

Er hatte sich angewöhnt, bei der Ankunft des Schiffs dabei zu sein, wenn auch aus anderen Gründen als die alten Männer. Für sie war es nichts anderes als das Abreißen eines Kalenderblatts, etwas, mit dem sie ein bisschen Ordnung in ihre leeren Tage brachten. Er dagegen war aus Vorsicht da. Anders als mit dem Schiff kam man nicht auf die Insel, und wenn da jemand Unerwartetes auftauchen sollte, dann wollte er rechtzeitig gewarnt sein.

Aber es tauchte niemand auf. Bis zu dem Tag ...»

Ganz plötzlich gab der König ein ersticktes Geräusch von sich. Als ob er sich an seinem eigenen Daumen verschluckt hätte. Er wühlte sich tiefer in seine Decken und atmete wieder ruhig.

«... bis zu dem Tag», wiederholte die Prinzessin, «an dem eine Frau die Strickleiter hinabkletterte. Sie tat es mit sportlicher Behendigkeit, obwohl sie sehr dick war und obwohl sie trotz der Hitze mehrere Röcke übereinander trug. Die alten Männer schienen sie zu kennen. Sie redeten aufgeregt durcheinander, und einer von ihnen stemmte sich sogar in die Höhe und rannte, so schnell ihn seine greisen Beine trugen, in Richtung Dorf.

‹Wer ist das?›, fragte er in die Runde.

Er bekam keine Antwort.

‹Was sie hier wohl will?›, wunderte sich einer der alten Männer. ‹Es erwartet doch niemand ein Kind.›

Zum Postschiff hinauszurudern und den schmalen Postsack und die paar Vorräte an Land zu bringen war ein begehrtes Privileg. Richtige, bezahlte Arbeit gab es nicht oft auf der Insel, und für gewöhnlich ließ sich der stolze Amtsinhaber Zeit, ruderte nur mit halber Kraft und rückte, um die Bedeutung seiner Aufgabe zu unterstreichen, das bisschen Ladung immer wieder zurecht. Heute war es anders. Er legte sich in die Riemen, als ob es einen Wettlauf zu gewinnen gäbe. Die dicke Frau saß im Heck des Ruderboots. Sie war so schwer, dass der Bug höher als sonst aus dem Wasser ragte.

Als der Kiel auf den Ufersand knirschte, standen zwei der alten Männer schon bis zu den Knien im Wasser, um der Besucherin aus dem Boot zu helfen. Sie schob ihre ausgestreckten Hände weg, sprang allein aus dem Boot und stapfte mit nassen Röcken an Land. Die beiden Greise trugen ihr das Gepäck hinterher, zwei verschnürte Stoffbündel.

Vor ihm blieb sie stehen, befeuchtete ihren Zeigefinger und fuhr damit, wie um die Echtheit seiner hellen Hautfarbe zu prüfen, über sein Gesicht. Sie lachte ihn an, mit gelben, lückenhaften Zähnen, und sagte: ‹Komm mich besuchen. Ich kann dir helfen.›

Dann drehte sie sich weg und ging in Richtung Dorf. Die alten Männer folgten in Einerkolonne, und aus den Hütten rannten ihr schon die jungen entgegen. Es war wie eine Parade.»

«Nein», sagte der König.

«Wieso nicht?»

«Nein, nein, nein», sagte er.

«Gefällt dir meine Geschichte nicht?», fragte die Prinzessin.

«Bitte nein. Bitte, bitte, nein.» Er zog die Beine noch enger an den Leib und steckte den Daumen wieder in den Mund. Er hatte wohl doch nicht zu ihr gesprochen.

«In den nächsten Tagen», setzte die Prinzessin also ihre Geschichte fort, «erfuhr er, dass die dicke Frau Hebamme und Heilerin war, dass sie kranke Zähne zog und zerbrochene Liebschaften kurierte, und natürlich, dass sie die Zukunft voraussagen konnte, unfehlbar, wie man ihm versicherte. Sie ließ sich von niemandem bestellen, für kein Geld der Welt, sie kam von selber, wenn sie gebraucht wurde, und blieb, bis ihre Arbeit getan war. Diesmal wusste niemand so recht, was sie auf die Insel geführt hatte. Da waren die üblichen Krankheiten, natürlich, und unglücklich Verliebte würde es immer geben. Aber die Hexe – so übersetzte er sich das fremde Wort, das sie für die Frau verwendeten – schien sich auf einen längeren Aufenthalt einzurichten. Sie hatte in einer Hütte am Dorfplatz Quartier bezogen, deren Bewohner sie ihr dankbar und eilig überlassen hatten. Jetzt saß sie den ganzen Tag mit gekreuzten Beinen im Schatten des Eingangs und schien auf etwas zu warten.

Oder auf jemanden.

‹Komm mich besuchen›, hatte sie zu ihm gesagt. Aber das sagte sie wohl zu jedem. Ein Scharlatan braucht immer neue Kunden.

Er wollte nicht hingehen und ging dann natürlich doch hin. Aus purer Langeweile. Selbst wenn man in der Nacht immer wieder aufschreckte und dann lang wach lag, man konnte doch nicht jeden Tag einfach verdösen.

Sie zeichnete mit einem Ast Figuren in den Sand und verwischte sie schnell, als er sich näherte. Mit einer Handbewegung forderte sie ihn auf, sich zu ihr zu setzen. Ungeschickt versuchte er in die Hocke zu gehen und setzte sich dann doch lieber seitwärts auf den Boden.

‹Du hast Angst›, sagte sie. Sie sagte es auf Englisch, in dem musikalischen Dialekt, den sie hier auf den Inseln sprachen, und beim Wort ‹fear› rollte sie das R.

‹Habe ich das?›, fragte er in dem harmlos scherzenden Ton, den die Leute von der Polizei mit ihm geübt hatten. Solche Plänkeleien wischte sie mit einer ungeduldigen Handbewegung fort.

‹Fear for your life›, sagte sie mit rollenden Rs. ‹Du hättest sie nicht verraten sollen.›

Die besten Leute hatten mit ihm geübt, und wenn sie nur seinen alten Namen genannt hätte, er würde keine Miene verzogen haben. Aber der Satz war so überraschend gekommen ...

‹Ich hatte keine Wahl›, sagte er.

‹Mag sein. Aber es sind keine Leute, die so etwas vergessen.›

Es war geraten, natürlich. Sie hatte sich das ausgerechnet. Ein Fremder, der sich hier auf der Insel niederließ, der musste vor etwas davongelaufen sein. Der musste ein Versteck suchen. Das war nur logisch. Sie war eine Menschenkennerin, ohne Zweifel, das gab ihr ja so viel Macht über die primitiven Leute. Aus kleinsten Anzeichen, aus Gesten oder Mienen setzte sie sich etwas zusammen und verkündete es dann mit viel Brimborium und Tamtam. Als ob ein Geist es ihr ins Ohr geflüstert hätte. Alles Affentheater.

‹Du kannst nicht schlafen›, sagte die Hexe. ‹In der Nacht schreist du und gehst mit einer Lampe um dein Haus.›

‹Das haben sie dir erzählt.›

‹Natürlich›, sagte sie. ‹Aber es wäre nicht notwendig gewesen. Ich weiß, was mit dir los ist.›

Sie wusste es natürlich nicht. Konnte es gar nicht wissen. Konnte keine Ahnung haben von dem Deal, den er eingegangen war, um seinen Hals zu retten. Den er hatte eingehen müssen. In der Hand hatten sie ihn gehabt. Völlig in der Hand. Seine Eier im Schraubstock. Zwanzig Jahre hatten sie ihm garantiert. Oder noch mehr. Ohne Aussicht auf vorzeitige Entlassung. ‹Du warst dabei›, hatten sie gesagt, ‹und dir können wir es beweisen.› In zwanzig Jahren wäre er ein alter Mann gewesen. Ein kaputter alter Mann. Gerade noch gut genug, um auf bittern Wurzeln herumzukauen und zweimal in der Woche auf ein Postschiff zu warten. ‹Wir besorgen dir auch nette Gesellschaft›, hatten sie gesagt. ‹Damit du dich nicht einsam fühlst in deiner Zelle. Wir suchen dir schon den Richtigen aus, o ja.›

Das konnte sie alles nicht wissen.

‹Einen Typen›, hatten sie gesagt, ‹den es nicht stört, wenn dir einer alle Zähne ausgeschlagen hat. Weil es sich ohne Zähne besser lutscht. Zwanzig Jahre›, hatten sie gesagt. ‹Vielleicht auch mehr.›

‹Mag sein›, sagte die Hexe. ‹Mag sein, du hattest keine Wahl. Meinst du, dass sie das milder stimmt?›

Er hatte seine Aussage hinter einem Vorhang gemacht, über ein Mikrophon, das die Stimme verzerrte. Sein Name war nie genannt worden, aber es würde ihnen nicht schwergefallen sein, sich ihn auszurechnen. Am Schluss, das ‹Lebenslänglich› war schon ausgesprochen, hatte der Richter den Verurteilten gefragt, ob er noch etwas sagen wolle. ‹Nur eins›, hatte er geantwortet. ‹Wir werden ihn erwischen. Ganz egal, wohin er sich verkriecht. Er wird bekommen, was er verdient. Ich bin ein Mann, der Wort hält.›

Das konnte sie alles nicht wissen. Natürlich nicht.

‹Ich bin nicht neugierig›, sagte die Hexe. ‹Ich weiß schon zu viel, und es ist immer das Gleiche. Ich bin gekommen, um dich zu heilen.›

‹Ich bin nicht krank.›

‹Um deine Angst zu heilen.›»

«Mmm ...», machte der König. Er schlief immer noch nicht.

«Er wusste natürlich, dass es Unsinn war», fuhr die Prinzessin fort. «Einen Beinbruch kann man heilen. Einen entzündeten Blinddarm. Aber die Angst?

Unsinn.

Andererseits ...

Wenn ihn seine Nachbarn besuchten, aus Gesellligkeit,

und weil er einen Eisschrank besaß, dann bezahlten sie ihr kühles Bier gern mit einer Geschichte. Einmal hatten sie ihm von einem Fischer erzählt, dessen Schiff war im Sturm gekentert, und das Meer hatte ihn verschluckt wie ein großes Maul. Sie hatten schon um ihn getrauert auf der Insel, hatten gerade, wie es hier der Brauch war, sein Bild verbrennen wollen, um seine Seele zu befreien. Da war sie aufgetaucht, die Hexe. Hatte das Feuer ausgetreten, mit bloßen Füßen. ‹Er ist nicht tot›, hatte sie gesagt. ‹Er lernt nur eine andere Sprache.›

Und tatsächlich, so hatten sie ihm das erzählt, war der Fischer wiederaufgetaucht. Mehr als ein Jahr nach seinem Verschwinden. Und er hatte eine neue Sprache gelernt. Nur ein paar Worte, aber doch. An die Trümmer seines Bootes geklammert war er tagelang auf dem Meer getrieben, bis ihn eins dieser riesigen Fangschiffe aufgelesen und mitgenommen hatte. Bis nach Japan. ‹Sakana› hieß Fisch und ‹Ukabu› hieß Schwimmen.

Und die Hexe hatte es gewusst.

Unsinn.

‹Es ist nicht nötig, dass du mir glaubst›, sagte die Hexe. ‹Ich helfe auch denen, die an mir zweifeln.›

‹Wie willst du das anstellen?›, fragte er und hatte damit schon nachgegeben. Wie damals, als sie ihn überreden wollten, den Kronzeugen zu machen. ‹Ich muss mir das überlegen›, hatte er gesagt, und sie waren nicht weiter in ihn gedrungen, weil sie in diesem Augenblick wussten, dass sie gewonnen hatten.

Die Hexe fasste unter ihre Röcke und holte ein schmales Päckchen hervor, in Zeitungspapier eingewickelt und mit

Bast verschnürt. Sie streckte es ihm hin. ‹Das wird dir die Angst nehmen›, sagte sie. ‹Weil du dich nicht mehr fragen musst, ob es heute geschieht oder morgen. Wenn du es aufmachst, wirst du die Stunde wissen.›

‹Welche Stunde?›, fragte er.

‹Die Stunde deines Todes.›»

Der König kämpfte strampelnd gegen seine Bettlaken. «Nein», stöhnte er. «Nein, nein, nein, nein.»

Die Prinzessin lächelte im Dunkeln.

«Er wollte das Päckchen nicht nehmen», erzählte sie weiter, «und nahm es schließlich doch. Die Hexe verlangte nichts dafür. Das Geldstück, das er ihr reichen wollte, ließ sie in den Sand fallen. ‹Ich bin schon bezahlt›, sagte sie.

Noch am selben Tag ließ sie sich wieder zum Postschiff hinausrudern.»

«Ich will das nicht», sagte der König und schlug um sich. «Lasst mich los.»

«Es war nur ein Traum», sagte die Prinzessin.

Der König hörte sie nicht. Oder vielleicht dachte er, dass der Satz zu ihrer Geschichte gehörte.

«In dieser Nacht», erzählte die Prinzessin, «schlief der Mann zum ersten Mal wieder ruhig. Er wachte erst auf, als die Sonne hoch am Himmel stand.

Das Päckchen öffnete er nicht. Was konnte es schon enthalten? Ein Amulett vielleicht. Bunter Sand und eine Handvoll Heilkräuter. Ein getrocknetes Seepferdchen. Es kam nicht darauf an, sagte er sich. Denn etwas war ganz bestimmt nicht drin. Das, was sie ihm versprochen hatte. Ein Blatt Papier, auf dem die Stunde seines Todes stand. An solchen Unsinn glaubte er nicht.

Und glaubte doch daran und wurde ein anderer Mensch. Hörte in der Nacht den Altmännervogel schreien und dachte nur: Er bringt mir Glück. Die Katzen, die über sein Dach liefen, fütterte er mit Essensresten. Warum sich ängstigen, wenn doch im Voraus schon feststeht, wie lang man zu leben hat? Wenn man nur ein Stück Bast zerschneiden und eine alte Zeitung zerreißen müsste, um die genaue Stunde zu wissen? Wenn alles schon bestimmt ist, und man nichts daran ändern kann?

Er kaufte sich ein Boot und lernte das Fischen. Fuhr mit den andern aufs Meer hinaus und ließ sich fröhlich auslachen, weil er sich so ungeschickt anstellte. Das Netzeknüpfen lernte er nie. Wenn ihm ein dicker Fisch durch die zerrissenen Maschen entschlüpfte, dann freute er sich darüber. ‹Gut gemacht›, rief er dem Fisch hinterher. Die anderen Fischer, die seine Sprache nicht verstanden, hielten es für einen Fluch.

Am Abend saß er mit ihnen am Strand, genau so, wie er es sich erträumt hatte. Wie es sein musste auf einer Insel mit so vielen Vokalen. Sie zündeten Feuer an, brieten in Palmblätter gewickelte Fische und tranken das kühle Bier aus seinem Eisschrank. Summten alte Lieder und redeten über alles Mögliche. Nur nicht über das eine. Es war nicht mehr wichtig.

Ohne Angst lebte es sich gut. Wenn sie sich doch einmal in ihm regte, dann dachte er an das Päckchen, und schon war sie wieder verschwunden. Er hatte das unscheinbare kleine Bündel in einen Pullover gewickelt und unter die andern Pullover gelegt, die man hier alle nicht braucht. Sein wertvollster Besitz. Er hätte der Hexe gern etwas ebenso

Kostbares dafür geschenkt. Aber sie hatte ja nichts annehmen wollen. ‹Ich bin schon bezahlt›, hatte sie gesagt.

Eine gute Tat bezahlt sich selbst, dachte es in seinem Kopf. Er merkte nicht einmal, dass ihm so etwas früher nie eingefallen wäre.

Irgendwann hielt er die einzelnen Tage nicht mehr fest, ließ sie durch die Maschen schlüpfen wie Fische. Manchmal fiel ihm erst am Abend ein, dass ja Montag gewesen war oder Donnerstag, dass das Postschiff gekommen und wieder weggefahren war. Er wartete auf keine Post. Warum sollte er sich zu den alten Männern setzen?

Vielleicht später einmal, dachte er. Wenn er selber alt geworden sein würde. Wenn die Ruder zu schwer für ihn wurden und die Netze zu rauh. Das war möglich, dachte er. Es war möglich, dass er lang genug leben würde, um weiße Haare zu bekommen und fleckige Hände. Das war alles schon bestimmt. Vielleicht ein allmähliches Verlöschen und vielleicht ein plötzlicher Sturm. Ein gekentertes Boot und keine japanische Fischfabrik, die rechtzeitig auftauchte. Es stand alles schon fest. Der Tag und die Stunde.

Er hätte nachschauen können. Das Päckchen öffnen und es wissen. Unterdessen hatte er keinen Zweifel mehr daran. Er war der einzige Mensch auf der Welt, der im Voraus wissen konnte, wann er sterben würde.»

Der König war jetzt doch eingeschlafen. Ein Kind, dachte sie, das man in den Schlaf plaudern muss. Sie verschränkte die Arme hinter dem Kopf und schloss die Augen. Sie war so müde.

«Wieso erzählst du nicht weiter?», sagte der König.

«Entschuldige», sagte die Prinzessin.

«Mmm ...», machte der König.

«Ich weiß nicht, wie viel später es war», sagte sie. «Mehr als ein Jahr. Vielleicht mehr als zehn Jahre. Die Zeit war nicht mehr wichtig für ihn. Genauso wenig wie für die andern Menschen auf der Insel. Er hatte ihre Sprache so gut gelernt, dass er sie sogar in seinen Träumen hörte. Er war glücklich.»

Die Prinzessin wischte sich mit der Hand über die Augen.

«Er hätte vollkommen glücklich sein können», sagte sie, «wenn da nicht die Neugier gewesen wäre. Zu wissen, wann man sterben wird. Den Tag und die Stunde zu kennen. Zeit zu haben oder keine Zeit. Pläne zu machen oder keine Pläne mehr. Wenn da stand ‹In zwanzig Jahren›, dann konnte man krank werden, die schlimmste aller Krankheiten, und musste sich deswegen keine Sorgen machen.

Aber vielleicht stand da nicht ‹In zwanzig Jahren› oder ‹In zehn›, vielleicht stand da ‹Morgen› oder ‹Heute›. Davor schreckte er zurück und ließ das Päckchen liegen, all die Jahre lang. Unter den Pullovern, die schon zu schimmeln begannen. Es war feucht auf der Insel, nicht nur in der Regenzeit.

Neugier ist so etwas Ähnliches wie Schimmel. Sie wächst ganz langsam, und wer einmal befallen ist, wird nie mehr ganz frei davon. Und so, eines Tages ...»

«Mmm ...», machte der König, und diesmal klang es wie eine Frage.

«... eines Tages holte er das Päckchen heraus und hielt es lang zwischen den Händen. Das Zeitungspapier war gelb und brüchig geworden. Für den Bastfaden brauchte man nicht einmal eine Schere. Man musste nur einen Finger darunterschieben.

Er ging vor seine Hütte, die er schon lang nicht mehr Haus nannte, und hockte sich auf den Boden. Ganz am Anfang war ihm diese Haltung anstrengend erschienen. Jetzt war sie ganz selbstverständlich. Das Päckchen legte er vor sich in den Sand und fuhr mit der Hand darüber, als ob er es streicheln wolle.

Genau so, fiel ihm ein, hatte die Hexe damals vor ihrer Hütte gehockt. Was wohl aus ihr geworden war? Man hatte sie seit jenem Tag nie mehr auf der Insel gesehen.

‹Ich bin schon bezahlt›, hatte sie gesagt.

Den Zeitpunkt seines Todes zu kennen. Die Versuchung war unwiderstehlich.

Der Bast zerriss fast wie von selber.

Die Zeitung raschelte nicht, als er sie auseinanderfaltete. Dazu war sie zu feucht geworden.

Ein Briefumschlag, an niemanden adressiert.

Mit dem Daumennagel schlitzte er ihn auf und erfuhr den Zeitpunkt seines Todes. Auf die Sekunde genau. Die Sekunde, in der die Briefbombe explodierte.»

Die Geschichte war zu Ende, und die Prinzessin lehnte sich in ihre Kissen zurück.

«Mmm ...», machte der König. Dann hob er den Kopf und sah sie an.

«Wann fängst du endlich an zu erzählen?», fragte er.

Die achte Nacht

«Es war einmal ein Mann», sagte die Prinzessin, «der konnte zaubern.»

«Ich kann auch zaubern», sagte der König. Mit etlicher Mühe stand er im Bett auf und streckte ihr die leeren Hände hin. «Siehst du? Nichts. Und jetzt ...» Er drehte sich schwankend um die eigene Achse, und als er sich ihr wieder zuwandte, hing ihm seine Pyjamahose in den Knien. «Applaus bitte», sagte er. «Die größte Gurke der Welt.»

«Du bist betrunken.»

«Ich habe getrunken», sagte der König voller Würde. «Das ist etwas ganz anderes. Ich habe getrunken, aber ich bin nicht besoffen. Weil ich nämlich den Alkohol vertrage.» Zum Beweis versuchte er auf einem Bein zu stehen. Er fiel hin, und sein Ellbogen traf die Prinzessin ins Gesicht. «Sei nicht so wehleidig», sagte er. «Und erzähl endlich deine Geschichte.»

«Es war einmal ein Mann ...»

«Zwei Flaschen Champagner», sagte der König. «Ich mag keinen Champagner, aber manchmal gehört er einfach dazu. Zwei Flaschen. Von der teuersten Sorte. Entweder man hat Stil, oder man hat keinen.»

«Sehr richtig», sagte die Prinzessin. «Entweder man hat Stil, oder man hat keinen. Zieh dir die Hose wieder rauf.»

«Du bist ganz schön frech», sagte der König. «Sei froh, dass ich so guter Laune bin. Weil ich heute nämlich einen reingelegt habe. Abgekocht nach allen Regeln der Kunst. Über den Tisch gezogen, dass man die Schleifspuren noch lang sehen wird.»

«Gratuliere», sagte die Prinzessin.

«Zwei Flaschen Champagner.»

«Vielleicht solltest du dir eine dritte besorgen. Du hörst ja doch nicht zu, wenn ich erzähle.»

«Jedes Wort habe ich gehört», sagte der König. «Ein Mann, der zaubern kann. Guter Anfang. Obwohl das natürlich alles nur Tricks sind. Lauter Spiegel und solches Zeug.»

«Bei ihm war das anders», sagte die Prinzessin. «Er konnte es wirklich. Hatte es schon immer gekonnt. Von Geburt an.»

«Ein zauberndes Baby.» Der König fand die Vorstellung so komisch, dass er der Prinzessin auf den Schenkel klatschen musste. «Mit Strampelhöschen und Zylinder.»

«So war das natürlich nicht», sagte sie. «Er lag nicht im Frack in der Wiege und führte dort Tricks vor. Aber wenn seine Klapperpuppe aus dem Bettchen fiel, dann sprang sie ganz von selber wieder in seine Hände zurück. Und seine Windeln waren immer trocken. Die Feuchtigkeit auf der Haut war ihm unangenehm, und darum änderte er das. Ohne irgendwelche Überlegungen. Zum Denken war er noch zu klein.»

«Praktisch», sagte der König.

«Unpraktisch», sagte die Prinzessin. «Weil die ständig trockenen Windeln seinen Eltern nämlich große Sorgen machten. Sie schleppten ihren Kleinen von einem Kinderarzt zum andern. Das war nicht erfreulich für ihn, denn die Untersuchungen waren oft schmerzhaft. So machte er zum ersten Mal die Erfahrung, dass es besser war, seine Gabe zu verstecken.»

«Wenn er zaubern konnte, warum hat er den Kinderarzt nicht einfach verschwinden lassen?»

«Bei Menschen wirkte seine Fähigkeit nicht», sagte die Prinzessin. «Nur bei Sachen. Wenn er Hunger hatte, konnte er sich einen Apfel denken und den dann essen. Oder ihn jemandem schenken, in der Hoffnung, dass der andere ihn dafür gern haben würde. Aber das funktionierte nicht immer. Als im Sandkasten ein anderer kleiner Junge mit seiner Schaufel auf ihn einprügelte, konnte er ihn nicht davon abhalten. Er konnte nur die Schaufel weich werden lassen, damit es ihm nicht so weh tat.»

«Meine Schaufel wird nie weich», sagte der König.

«Ich weiß», sagte die Prinzessin.

«Zwei Flaschen Champagner. Und ein Bier zum Runterspülen. Aber wenn ich wollte, könnte ich jetzt auf der Stelle.»

«Willst du es mir gleich beweisen», sagte die Prinzessin, «oder soll ich weitererzählen?»

«Erst erzählen. Die Nacht ist noch lang.»

«Leider», sagte die Prinzessin. Aber sie sagte es nur in Gedanken.

«Mach ruhig weiter mit deiner Geschichte. Ich will dir den Spaß nicht verderben.»

«Vielen Dank», sagte die Prinzessin. «Als der Junge in die Schule kam, hatte er bereits zwei Dinge verstanden. Erstens, dass die andern Kinder nicht, wie er zuerst ganz selbstverständlich angenommen hatte, über dieselbe Fähigkeit verfügten wie er. Und zweitens, dass es sich empfahl, sein Talent nur ganz diskret und unauffällig anzuwenden. Er schloss also immer zuerst die Tür des Kinderzimmers und zauberte sich dann erst seine Hausaufgaben zurecht. Das dauerte zwar nur einen Augenblick, aber anschließend blieb er jedes Mal immer noch eine halbe Stunde oder eine ganze am Schreibtisch sitzen und tat so, als ob er eifrig und mühsam schriebe. Man hätte ihn sonst nur gefragt, weshalb er so schnell fertig sei. Wegen der sauber geführten Hefte hielten ihn die Lehrer für einen Musterschüler.»

«Und seine Kameraden hielten ihn für ein Arschloch», sagte der König.

«Genauso war es. Sie mochten ihn nicht. Eine Zeitlang versuchte er zwar, absichtlich ein schlechterer Schüler zu werden, aber das machte ihn auch nicht beliebter.»

«Musterschüler kenne ich gut», sagte der König. «Ich war immer derjenige, der sie verprügelt hat.»

«Er wurde oft verprügelt», sagte die Prinzessin. «Und ausgelacht. Vor allem, weil er im Turnen so schlecht war. Zwar hätte er sich den Bock, über den er die Grätsche nicht schaffte, niedriger zaubern können, aber irgendeinem wäre es bestimmt aufgefallen, und die Fragen, die man ihm dann gestellt hätte, wäre noch unangenehmer gewesen als das Gelächter.

Er war ein schüchterner Mensch, und das konnte er auch mit seiner Fähigkeit nicht ändern. Dabei tat er alles, um anders zu wirken, als er war. Ein paar Tage lang versteckte er sich auf dem Weg in die Schule hinter einem Gebüsch und zauberte sich die angesagtesten Markenklamotten an den

Leib. Aber das bewirkte nur, dass er jetzt nicht mehr nur einfach der Klassenschwächling war, sondern der verwöhnte Klassenschwächling, der Klassenschwächling mit zu viel Taschengeld, und die Prügel wurden nicht weniger. Einmal, als ihn der Stärkste in der Klasse in den Magen boxen wollte, zauberte er sich ganz schnell einen Harnisch unter den Pullover, und der andere Junge brach sich zwei Finger. Das blieb aber ein einmaliger Triumph.»

«In den Magen boxen bringt gar nichts», sagte der König. «Oben muss man sie beschäftigen.» Auf dem Rücken liegend demonstrierte er linke und rechte Haken. «Und wenn sie dann die Deckung hoch nehmen – voll mit dem Knie in die Eier.»

«Du hast sicher recht», sagte die Prinzessin.

«Mit solchen Sachen kenne ich mich aus.»

«Das glaube ich dir», sagte die Prinzessin. «Der Junge lernte nie, sich zu wehren. Manchmal, wenn zwei oder drei auf ihm hockten, und die anderen mit ihren Handys darum herum standen, um den Spaß zu filmen, zauberte er sich für ein paar Sekunden ein Kissen unter den Kopf. Etwas Besseres fiel ihm nicht ein. Am Abend solcher Tage spielte er dann stundenlang Computerspiele, in denen es darum ging, Bösewichte auf blutigste Weise hinzumetzeln. Aber das machte ihm bald auch keinen Spaß mehr. Spiele, in denen man immer gewinnt, werden schnell langweilig. Und natürlich gewinnt man, wenn man zaubern kann.»

«Der Mann ist ein Idiot», sagte der König. «Wenn ich zaubern könnte ...» Er brach ab. «Schau mal», sagte er. «Wenn ich nur daran denke, werde ich schon steif. Fass mal an.»

«Danke», sagte die Prinzessin.

«Wenn ich zaubern könnte, ich würde ... ich würde ... Kann er die Lottozahlen voraussagen?»

«Voraussagen nicht. Aber die Kugeln so beeinflussen, dass seine Zahlen gezogen werden.»

«Siehst du», sagte der König. «Da hast du es doch schon. Jede Woche sechs Richtige. In allen Lotterien der Welt. Da kann er Bill Gates einstellen, damit ihm der den Hintern abwischt.»

«Geld interessierte ihn nicht.»

«Ich sag's ja: ein Idiot.»

«Was er gern gehabt hätte, war: beliebt zu sein.»

«Das wär doch kein Problem gewesen. Zünd dir deine Zigarre mit einem Fünfhunderter an, und die Weiber stehen Schlange.»

«Schade, dass er dich nicht gekannt hat», sagte die Prinzessin. «Du hättest ihm bestimmt eine Menge guter Ratschläge geben können.»

«Machst du dich über mich lustig?» Der König richtete sich auf und schrie plötzlich. «Machst du dich über mich lustig?»

«Nein», sagte die Prinzessin.

«Es schien mir aber so», sagte der König. «Ich mag ja besoffen sein, aber bin nicht blöd. Noch einmal so ein Spruch, und du kannst ausprobieren, ob du mit einem gebrochenen Nasenbein besser aussiehst.»

«Es tut mir leid», sagte die Prinzessin.

«Sei froh, dass ich so gute Laune habe. Obwohl der Champagner geschmeckt hat wie ausgewaschene Limonadeflaschen. Wenn ich zaubern könnte, wäre in jeder Champagnerflasche Bier drin. So, und jetzt mach weiter mit deiner Geschichte.»

«Der Mann wurde erwachsen», sagte die Prinzessin, «und er wurde immer einsamer. Wer zaubern kann, hat nicht viel Grund, unter die Leute zu gehen. Nicht einmal um einzukaufen. Zwar hatte er immer genügend Geld und musste dafür nicht einmal Lotto spielen. Er konnte es sich einfach in die Tasche zaubern. Aber warum sollte er in einen Laden gehen? Wenn er Hunger hatte, stand das Gewünschte auf dem Tisch, und wenn er etwas Neues zum Anziehen brauchte, genügte ein Gedanke, und schon hing es im Kleiderschrank.

Leider war er weder in kulinarischen noch in modischen Belangen besonders einfallsreich, und deshalb aß er immer nur Dinge, die er schon kannte, auch wenn sie ihm schon lang nicht mehr schmeckten, und lief jeden Tag in den gleichen schlabbrigen Pullovern herum. Weil die Notwendigkeit dazu nicht bestand, erlernte er auch nie einen Beruf. Und Hobbys machen keinen Sinn, wenn jede Sammlung immer gleich vollständig und jede Bastelarbeit immer gleich fertig ist.

Er zauberte sich in jedes Zimmer einen Fernseher, die alle den ganzen Tag liefen, aber er langweilte sich trotzdem furchtbar.»

«Ein Idiot», sagte der König.

«Das alles änderte sich», sagte die Prinzessin, «als er eines Tages in die Bäckerei ging, um frisches Brot zu kaufen.»

«Warum zauberte er sich das nicht einfach her?», fragte der König misstrauisch. Geschichten, das hatte er der Prinzessin ganz am Anfang erklärt, hatten ihre Spielregeln, und bescheißen ließ er sich nicht.

«Er hatte vergessen, wie Brot schmecken musste», sagte die Prinzessin. «Er kriegte es zwar immer noch auf den Tisch, warm und knusprig, aber in der letzten Zeit war ihm aufgefallen, dass irgendetwas damit nicht stimmte. Es wurde mit jedem Tag fader, und schließlich hätte er genauso gut auf einem Schwamm herumkauen können. Je mehr er versuchte, sich an den richtigen Brotgeschmack zu erinnern, desto weniger gelang es ihm, und was man sich nicht mehr vorstellen kann, das kann man auch nicht mehr zaubern.»

«Das wird jetzt aber bitte keine traurige Geschichte», sagte der König. «Ich habe gute Laune, und wenn du mir die verdirbst, kriegst du eins in die Fresse.»

«Es wird eine Liebesgeschichte», sagte die Prinzessin. «In der Bäckerei stand nämlich eine Verkäuferin hinter der Theke, die schien ihm die schönste Frau zu sein, die er jemals gesehen hatte. Als sie ihm sein Brot reichte, lächelte sie ihn an – aus reiner Höflichkeit, aber das wusste er nicht –, und er war auf der Stelle in sie verliebt.»

«Kriegen sie sich am Ende?», fragte der König.

«Würde dir das gefallen?»

«Ich bin in der Laune für ein Happy End.» Er räkelte sich genüsslich in eine noch bequemere Position hinein und ließ dabei einen lautstarken Furz fahren. «Das ist dieser verdammte Champagner», sagte er. «Ich hätte das Zeug nicht trinken sollen.» Die Prinzessin wäre gern von ihm weggerückt, aber das traute sie sich nicht.

«Der junge Mann», fuhr sie also fort, «hatte keine Erfahrung im Umgang mit Frauen. Aus Büchern wusste er, dass es üblich ist, seiner Angebeteten ein Geschenk zu machen, und er zauberte ihr deshalb einen Ring mit einem großen Brillanten auf die Brottheke. Durch das Schaufenster beobachtete er, wie sie das Schmuckstück fand und sich scheinbar vor Begeisterung gar nicht fassen konnte. Zumindest machte sie einen äußerst aufgeregten Eindruck. Sie steckte sich den Ring aber nicht an den Finger, wie er das erhofft hatte, sondern packte ihn, in mehrere Lagen Brotpapier gewickelt, in ihre Handtasche. Dann rannte sie aus dem Laden. Er folgte ihr in unauffälliger Distanz und war sehr enttäuscht, als er merkte, dass sie ihren Fund bei der Polizei abgab. Zwei Tage später war dann in der Zeitung zu lesen, ein Ring mit einem riesigen Brillanten im Wert von mehreren Millionen sei von einem ehrlichen Finder abgegeben, bisher aber noch von niemandem vermisst worden. Um allzu große Komplikationen zu vermeiden, musste er noch einmal zaubern und war erst beruhigt, als in derselben Zeitung stand, der vermeintlich echte Brillant habe sich bei näherer Untersuchung nun doch als Imitation herausgestellt.

Er kaufte sehr viel Brot in diesen Tagen. Die Verkäuferin, die mit ihren Kunden so berufsmäßig Konversation machte, wie sie sie anlächelte, sagte deswegen einmal zu ihm, er habe bestimmt eine große Familie. Er wurde ganz rot und verlegen und druckste herum, nein, er sei Junggeselle und ganz allein. Damit sie nun aber nicht meinen sollte, er sei ein langweiliger Eigenbrötler, fügte er schnell hinzu, er habe natürlich Freunde, sehr viele Freunde sogar, sie würden sich regelmäßig treffen und Feste feiern und sehr, sehr viel Spaß miteinander haben. Weil er sein Brot immer mit einem großen Schein bezahlte – er vergaß regelmäßig, sich Kleingeld in den Geldbeutel zu zaubern –, hielt ihn die Verkäuferin für einen reichen Mann und sagte deshalb, Feste zu feiern und Spaß zu haben, das würde ihr auch gefallen. Und bevor er richtig merkte, was da passiert war, hatte er sie zu einer Party zu sich nach Hause eingeladen, und sie hatte die Einladung angenommen.»

«Was habe ich gesagt?», kommentierte der König. «Wenn du nach Geld stinkst, brauchst du kein Rasierwasser.»

«Der junge Mann war sehr aufgeregt», sagte die Prinzessin, «denn was eine richtige Party war, wusste er nur aus dem Fernsehen. Zuerst einmal gestaltete er seine Wohnung um. Bisher hatte ihn nie wirklich interessiert, wie es dort aussah – mit magischen Kräften bleibt auch noch das durchgesessenste Sofa bequem –, aber jetzt kopierte er sich aus Katalogen und Zeitschriften eine Einrichtung zusammen, die war so elegant, dass er es selber kaum mehr wagte, auch nur einen Stuhl zu benutzen. Im Badezimmer waren die Wasserhähne aus Gold, und in der Küche stand ein riesiger Kühlschrank, vollgestopft mit Kaviar und Champagner.»

«Sprich mir nicht von Champagner», sagte der König. «Mir wird schlecht, wenn ich nur daran denke.»

«An den Wänden hingen Bilder berühmter Maler, die hatte er so täuschend echt hingezaubert, dass jeder Museumsdirektor der Welt sie sofort hätte kaufen wollen. Auf einem Kaminsims standen in silbernen Rahmen lauter signierte Fotos, die ihn Arm in Arm mit prominenten Politikern und Sportlern zeigten. Er dachte an jedes Detail, füllte sogar, nur für den Fall, dass jemand in seinen Privaträumen herumstöbern sollte, ganze Kleiderschränke mit Designerkleidung der teuersten Modeschöpfer. Beim Gedanken, dass die schöne Verkäuferin aus der Bäckerei sein Schlafzimmer betreten könnte, wurde ihm ganz schwindlig.

Das alles ging noch ohne große Probleme vor sich. Viel schwieriger war es dann, Gäste für die Party zu finden. Freunde hatte er keine, und selbst an Bekannten, wie sie sonst jeder hat, mangelte es ihm.»

«Ich habe viele Freunde», sagte der König, «ich traue ihnen nur nicht.»

«Die Lösung, die er schließlich fand», sagte die Prinzessin, «bestand darin, dass er verschiedene Agenturen anrief und sich als Assistent eines Filmmoguls aus Hollywood ausgab.»

«Das haben sie ihm geglaubt?»

«Er zauberte ihnen eine Rufnummer mit der Vorwahl von Los Angeles auf die Displays ihrer Telefone.»

«Der Trick ist nicht schlecht», sagte der König. «Aber ich bin sicher, das würde man auch ohne Zauberei schaffen. Mit Computern können sie heutzutage fast alles.»

«Man plane in Europa einen Film, sagte er den Agenturen, suche dafür hiesige Schauspieler und veranstalte zu diesem Zweck eine Kennenlern-Party. Selbstverständlich sei man bereit, die Agenturen für ihre Bemühungen gut zu bezahlen. Man suche junge attraktive Leute mit sehr viel Charme.»

«Leute wie mich also», sagte der König. Es war nicht klar, ob er das ironisch oder ernst meinte. Er rieb nachdenklich an seinem Bauch herum und fragte: «Findest du, dass ich zugenommen habe?»

«Es steht dir gut», sagte die Prinzessin diplomatisch.

«Mir steht es immer gut», sagte der König. «Zumindest hat sich noch keine Frau beschwert.» Er wollte das Thema näher ausführen, aber die Prinzessin erzählte schnell weiter.

«Bei der Party lief alles so, wie er es sich erträumt hatte. Es waren eine Menge Schauspieler gekommen, darunter auch einige, die er schon mal im Fernsehen gesehen hatte. Sie aßen den Kaviar mit großen Löffeln direkt aus der Dose und tranken ...»

«Bitte nicht», sagte der König.

«... was immer sie im Kühlschrank fanden. Der wurde nicht leerer, so oft sie sich auch bedienten. Weil sie Schauspieler waren und weil sie glaubten, er habe Rollen zu vergeben, behandelten sie den Gastgeber wie ihren besten Kumpel, redeten auf ihn ein und schlugen ihm immer wieder freundschaftlich auf die Schulter. Sie drängten sich so um ihn herum, dass er gar nicht dazu kam, auch nur ein Wort mit der Verkäuferin zu wechseln. Aber er sah sie doch ab und zu von weitem, und es schien ihm, dass sie ihn mit ganz anderen Augen betrachtete.»

«Was ich immer sage.» Der König hatte recht behalten, und das mochte er. «Geld stinkt, aber es ist ein Gestank, den die Leute mögen.»

«Manche Leute», sagte die Prinzessin.

«Die meisten», sagte der König.

«Irgendwann fiel ihm auf», fuhr sie fort, «dass seine Angebetete verschwunden war. Mit der Ausrede, er müsse seinen Boss in Hollywood anrufen, ließ er seine neugefundenen Freunde stehen und machte sich auf die Suche nach ihr. Er fand sie in seinem Schlafzimmer ...»

«... wo sie im Bett auf ihn wartete», ergänzte der König.

«Nein», sagte die Prinzessin. «Sie lag zwar im Bett, aber nicht allein. Einer der Gäste lag mit zuckendem Hintern auf ihr. Als die Tür aufging, rief er: ‹Besetzt›, und die Verkäuferin lachte. Der Mann, der zaubern konnte, erkannte den Gast. Es war auch ein Schauspieler. In einer Vorabendserie spielte er den Liebhaber, der alle Frauenherzen bricht.»

«Er hat ihn hoffentlich verprügelt und rausgeschmissen», sagte der König.

«Nein», sagte die Prinzessin. «Das war nicht seine Art. Er ging ganz leise aus der Wohnung und verließ das Haus. Irgendwann fiel ihm ein, dass es besser wäre, die schöne Einrichtung mitsamt dem immer gefüllten Kühlschrank wieder verschwinden zu lassen, und das tat er dann auch. Er stieg in einen Zug, ohne zu fragen, wo der hinfuhr, und kam nie mehr in diese Stadt zurück.»

«Ein Idiot», sagte der König.

«Ein enttäuschter Liebhaber.»

«Das ist dasselbe», sagte der König. «Außerdem ist es jetzt doch eine traurige Geschichte geworden, und ich habe ausdrücklich ein Happy End bestellt.»

«Die Geschichte ist ja noch nicht zu Ende», sagte die Prinzessin.

«Hoffentlich», sagte der König. «Ich lass mir von dir doch nicht meine gute Laune verderben.»

«Eine Weile ging es ihm sehr schlecht», sagte die Prinzessin. «Oft saß er stundenlang irgendwo in der Sonne oder im Regen. Wie man hinterher wieder trocken wurde, das hatte er ja schon als Baby geübt. Wenn zufällig ein Bus vorbeikam, stieg er ein und ließ sich ohne Ziel mitnehmen. Unglücklich sein kann man überall, dachte er.

Er schlief, wo immer es ihn gerade hinverschlagen hatte. Wenn er müde wurde, legte er sich einfach auf den nackten Boden und vergaß immer wieder, dass er sich ja auch ein Bett oder mindestens eine warme Decke hätte hinzaubern können. Trotzdem sah er nie aus wie ein Landstreicher, denn um gewaschen und rasiert zu sein, genügte es, daran zu denken, und seine Kleider waren aus alter Gewohnheit an jedem Morgen frisch gewaschen und gebügelt. Wenn er aufwachte, legte er sich ein Stück Brot in die Hand und kaute dann ohne Appetit auf der faden Masse herum. Er hatte schon wieder vergessen, wie richtiges Brot schmecken muss, und um sein Gedächtnis aufzufrischen, hätte er in eine Bäckerei gehen müssen. Er fürchtete sich aber vor den Erinnerungen.

Einmal, er hätte nicht sagen können, wo es war, saß er wieder am Straßenrand in einem Wartehäuschen und hoffte, dass noch lang kein Bus kommen würde. Ohne es zu merken, so wie andere Leute in der Nase gebohrt oder an ihren Fingernägeln herumgeknipst haben würden, ließ er auf seiner Handfläche eine bunte Kugel erscheinen und wieder verschwinden. Erscheinen und wieder verschwinden. Erscheinen und wieder verschwinden.

Plötzlich sagte eine Stimme: ‹Das ist ein hübscher Trick.›

Er sah auf und erblickte eine junge Frau mit einem Helm und in Lederkluft. Ein Motorrad stand aufgebockt neben dem Wartehäuschen. Er hatte sie gar nicht kommen hören. Sie nahm ein zusammengerolltes Plakat aus der Satteltasche und befestigte es mit Klebestreifen an der Glaswand des

Häuschens. Es war das Plakat für einen Zirkus, der gerade in der Gegend gastierte.

‹Ein hübscher Trick›, sagte sie noch einmal. ‹Kannst du auch noch andere?›

‹Ich kann alles zaubern›, sagte er, nicht um aufzuschneiden, sondern weil sie eins von den Gesichtern hatte, denen man nur die Wahrheit sagen kann.

‹Dann zaubere mir doch mal ne Semmel›, sagte die Frau. ‹Ich hab Hunger.›

‹Gern›, sagte er. ‹Sie wird Ihnen aber nicht schmecken. In der letzten Zeit gerät mir das Brot immer schlechter.›

‹Es darf auch ein Brathähnchen sein›, sagte sie lachend. Und weil sie das Gesicht hatte, das sie eben hatte, vergaß er völlig den Vorsatz, seine Fähigkeit immer nur ganz im Geheimen einzusetzen, und erfüllte ihr den Wunsch.

Zuerst lag das duftende, knusprige Hähnchen direkt auf der Wartebank. Als sie zögerte und nicht zugriff, errötete er, sagte: ‹Entschuldigung›, und dann war da auch ein Teller, Besteck und eine weiße Serviette.

Sie sah die überraschende Mahlzeit nur an. Eine ganze Weile lang. Dann zuckte sie die Schultern, setzte sich zu ihm auf die Bank und sagte: ‹Das kann ich aber nicht alles allein aufessen. Hast du noch ein zweites Besteck im Ärmel?›

Sie aßen, ohne sich zu unterhalten. Der Bus kam, aber sie ließen ihn weiterfahren. Sie sah durstig aus, also machte er zwei volle Gläser, und sie stießen miteinander an. Das Hähnchen war ihm gelungen, das sah man ihr an. Wenn sie an einem Knochen herumnagte, kräuselte sich ihre Nase, und sie erinnerte dann ein bisschen an einen Hasen mit einer Mohrrübe. Er fand das unwiderstehlich. Sie hatte viele Sommersprossen. Als sie satt waren, stiegen sie zusammen auf ihr Motorrad und fuhren fort.

‹Du müsstest auch einen Helm haben›, sagte sie, und dann hatte er eben einen Helm auf.

Sie fuhren bis zu dem Zirkus, in dem sie arbeitete, und dort ...»

«Den Rest kann ich mir denken», sagte der König. «Er trat als Zauberer auf, und weil er wirklich zaubern konnte, wurde er bald weltberühmt.»

«Nein», sagte die Prinzessin. «Der Motorradhelm war das Letzte, was er in seinem Leben zauberte. Er benutzte ihn noch viele Jahre. Im Zirkus sammelte er den Kot auf, wenn ein Elefant sich mitten im Auftritt entleert hatte, und nach der Vorstellung, wenn die Zuschauer gegangen waren, wischte er zwischen den Bänken die Erdnussschalen und die kleinen Holzstäbchen von der Zuckerwatte zusammen. Er war sehr glücklich.»

«Und die Frau mit den Sommersprossen?», fragte der König.

«Möchtest du, dass die beiden heiraten?»

«Ich möchte ...» Der König presste plötzlich die Hand vor den Mund. «Dieser verdammte Champagner», konnte er gerade noch sagen. Dann war er schon aus dem Bett gesprungen und aus dem Zimmer gerannt. Sie hörte ihn würgen.

«Und wenn sie nicht gestorben sind», sagte die Prinzessin leise, «dann leben sie noch heute.»

Die neunte Nacht

«Es war einmal ein Mann», sagte die Prinzessin, «der wusste, wann die Welt untergehen würde.»

«Sie geht nicht unter», sagte der König. «Sie wird nur immer beschissener. Weißt du, wie man Flecken aus Autopolstern entfernt?»

«Kommt auf die Flecken an.»

«Wenn einer einen zweiunddreißiger Ringgabelschlüssel voll über den Schädel kriegt und fällt rückwärts durch eine offene Wagentür – spritzt der dann mit Tomatensoße?»

«Backpulver», sagte die Prinzessin. «Anfeuchten und Backpulver drauf. Möglichst solang das Blut noch frisch ist.»

«Scheiße», sagte der König. «Wieso weiß man so was nicht? Wenn der Wagen nicht mehr piccobello wird, kann die Welt von mir aus wirklich untergehen.» Seine Zigarre wollte schon wieder nicht brennen, und er schnipste mit den Fingern, damit sie ihm die Streichhölzer vom Nachttisch reichte. Wenn er im Bett qualmte, das wusste die Prinzessin, dann hatte er wirklich Ärger gehabt.

«Eine Geschichte?», fragte sie.

«Eine Geschichte», sagte der König.

«Der Mann, der wusste, wann die Welt untergehen würde», sagte die Prinzessin, «war der Älteste von drei Brüdern. Er kam eines Tages ganz aufgeregt aus der Stadt zurück und berichtete von einer großen Neuigkeit, die er dort erfahren habe. Die Welt würde untergehen. Am einunddreißigsten Dezember, pünktlich um Mitternacht. Er hatte es auf dem Hauptmarkt von einem Bußprediger gehört.»

«Auf dem Hauptmarkt?», fragte der König zweifelnd. «Wo das Parkhaus immer voll ist, und die Polizei einen schikaniert, wenn man mal für fünf Minuten seinen Wagen stehenlässt?»

«Die Geschichte spielt vor tausend Jahren», sagte die Prinzessin. «Damals gab es keine Autos und keine Parkhäuser. Der Mann hatte sich auf dem Markt nach einer trächtigen Kuh umsehen wollen und stattdessen eine Predigt gehört. Von einem Mönch ohne Schuhe und mit zerrissener Kutte. Dessen Prophezeiungen waren ihm nur schon deshalb glaubhaft erschienen, weil der Prediger kleine spitze Metallstücke in die Schnüre seiner Geißel geflochten hatte und sich damit den Rücken blutig schlug.»

«Backpulver», sagte der König. «Solang die Flecken noch frisch sind.» Gegen seine Gewohnheit lachte er nicht über den eigenen Witz. Er musste sehr viel Ärger gehabt haben.

«‹Seit der Geburt des Erlösers›, hatte der Prediger gesagt, ‹ist der Satan gefesselt, die alte Schlange. So steht es geschrieben. Für tausend Jahre ist er in den Abgrund geworfen und mit dem Siegel verschlossen. So spricht der Herr. Aber wenn die tausend Jahre vollendet sind, muss er losgelassen werden für eine kleine Zeit. So heißt es in der Offenbarung. Dann ziehen Gog und Magog in den Krieg, sie werden besiegt und mit ihnen das Böse. Und dann beginnt das Jüngste Gericht.›»

«Du hast den Ton gut drauf», sagte der König anerkennend. «Ich wusste gar nicht, dass du die Bibel liest.»

«In meinem Beruf übernachtet man oft in Hotels», sagte die Prinzessin. «Da gibt es meist nichts anderes.»

Der König paffte und paffte. Seine Zigarre wollte einfach nicht brennen.

«‹Die Welt wird untergehen›, hatte der Prediger verkündet. ‹In der Mitte der Nacht, die auf den letzten Tag folgt. Auf den letzten Tag des Jahres neunhundertneunundneunzig. Mit dem tausendsten Jahr beginnt dann eine neue Zeit.›»

Der König spuckte einen Tabakkrümel aufs Bett.

«Als der Mann seinen Brüdern von der Prophezeiung erzählte», sagte die Prinzessin, «da glaubte ihm der eine sofort. In diesem Frühjahr hatte man einen Kometen am Himmel gesehen, und das bedeutete Unheil. Eine Henne hatte ein Ei gelegt, auf dessen Schale waren geheimnisvolle Zeichen gewesen, die nicht einmal der hochwürdige Herr Abt hatte lesen können. Auch von einem Kalb mit sechs Beinen hatte man erzählt. Jetzt waren all diese Dinge erklärt. Ankündigungen waren es gewesen für das Ende der Welt.

Der andere Bruder, der Jüngste von den dreien, spottete nur und sagte: ‹Wir sind doch keine alten Weiber, die jedes Mal den Teufel sehen, wenn eine Ratte durchs Stroh läuft. Bis zum Dezember ist noch lang hin. Lasst uns erst mal die Ernte einbringen, und dann sehen wir weiter.›

‹Du bist ein Ketzer›, sagte der Älteste. ‹Schon immer gewesen. Aber wenn der Herr dann die Schafe von den Böcken trennt, wird es dir leidtun.› Und der Mittlere meinte, noch deutlicher könnten Zeichen gar nicht sein.

Sie gingen nicht mehr aufs Feld hinaus, denn wozu noch die Scheunen füllen, wenn einem bald im Paradies die gebratenen Tauben in den Mund fliegen? Und wenn man nicht ins Paradies eingelassen, sondern in den feurigen Schlund des Satans geschleudert wird, dann nützen einem solche weltlichen Vorräte erst recht nichts. Nein, sagten die beiden, für sie gab es Wichtigeres zu tun als Korn zu schneiden und Äpfel einzusammeln. Dafür hatten sie jetzt keine Zeit mehr. Sie bereiteten sich auf den Weltuntergang vor, jeder auf seine Art.»

«Die Welt geht nicht unter», sagte der König. «Es trifft immer nur die Dinge, die einem Spaß machen. Ich bin sicher, die Flecken gehen nie mehr raus.» Seine Zigarre brannte endlich. Ihr Rauch stieg langsam in die Höhe und wurde auf dem Weg zur Decke unsichtbar.

«Der älteste Bruder», erzählte die Prinzessin, «der den Prediger selber gehört und seine blutenden Wunden mit eigenen Augen gesehen hatte, beschloss, Buße zu tun. ‹Wir alle sind Sünder›, hatte der Mönch gesagt, und je länger der Mann nachdachte, desto mehr Sünden fielen ihm ein. Er kleidete sich also in ein Hemd aus dem kratzigsten Filz, den er finden konnte, und schritt jeden Tag einmal den Kreuzweg ab, mit Erbsen in den Schuhen. Wenn dann seine Füße bluteten, kniete er in der Kirche vor dem Altar nieder und sagte alle Gebete auf, an die er sich erinnern konnte. Es waren nicht sehr viele, denn er war kein gelehrter Mann. Dafür wiederholte er sie umso öfter.»

«Zu was sollte das gut sein?», fragte der König.

«Vergebung», sagte die Prinzessin. «Gnade. Er erwartete, bald vor dem Jüngsten Gericht zu stehen, und da wollte er nicht zu den Verdammten gehören.»

«Völlig falsch», sagte der König. «Wenn du vor Gericht einen auf Reue machst, kannst du gleich ein Geständnis unterschreiben. Was du brauchst, ist ein Anwalt, der alle Tricks kennt.»

«Er dachte wohl, dafür gebe es keine.»

«Tricks gibt es immer.» Der König sprach aus tiefster Überzeugung. «Aber die Es-tut-mir-so-leid-Nummer funktioniert nicht.»

«Der Mann tat nicht nur Buße», sagte die Prinzessin. «Er verschenkte auch seinen ganzen Besitz.»

«Was?», sagte der König und fasste, wie um sie zu beschützen, nach seiner goldenen Armbanduhr.

«Er wartete nicht darauf, dass die Bettler zu ihm kamen – und es gab viele Bettler in jener Zeit –, sondern er suchte sie auf, lief ihnen regelrecht hinterher und drängte ihnen alles auf, was er hatte. Das Geld aus seinem Beutel und sogar die Ringe von seinen Fingern.»

«Entmündigen», sagte der König, «sofort entmündigen, so einen.» Er gestikulierte so aufgeregt, dass graue Asche in seinen Brusthaaren landete, ohne dass er es bemerkte. «Wenn einer anfängt, sein Geld an wildfremde Menschen zu verschenken, unterschreibt dir das jeder Psychiater.»

«Den Beruf gab es damals noch nicht», sagte die Prinzessin. «Genauso wenig wie es Parkhäuser gab. Oder Polizisten.»

«Keine Polizei?», fragte der König nachdenklich. «Wann, sagst du, war das?»

«Vor tausend Jahren.»

«Verdammt lang her», sagte der König nach einer Pause. Er klang ein bisschen enttäuscht.

«Den Hof, auf dem sie lebten», erzählte die Prinzessin weiter, «hatten die drei Brüder von ihrem Vater ererbt, und er gehörte ihnen gemeinsam. Der Älteste wollte nun aber von Besitz jeder Art nichts mehr wissen und machte deshalb den Vorschlag, seinen Anteil an die beiden andern zu verkaufen. ‹Wenn die Welt untergeht›, sagte er, ‹wird man damit sowieso nichts mehr anfangen können.›»

«Quatsch», sagte der König. «Immobilien sind das Sicherste überhaupt.»

«Den Kaufpreis wollte er auch wieder unter die Bedürftigen verteilen, bis zum letzten Pfennig. Der Bußprediger hatte verkündigt, dass im Paradies die Ärmsten die Reichsten sein würden, und die Schwächsten die Stärksten.»

«Entmündigen», wiederholte der König.

«Der jüngste Bruder», fuhr die Prinzessin fort, «derjenige, der nicht an das Ende der Welt glaubte, war zu dem Geschäft sofort bereit. Aber um sich den Handschlag geben zu können, mussten sie alle drei beisammen sein, und den Dritten hatten sie schon seit vielen Tagen nicht mehr gesehen.»

«Lief der auch mit Erbsen in den Schuhen rum?»

«Nein», sagte die Prinzessin. «Obwohl auch er an den Weltuntergang glaubte. Schließlich hatte es den Kometen gegeben, das Ei mit den Schriftzeichen und das Kalb mit den sechs Beinen. Aber, wie es manchmal vorkommt, er hatte aus derselben Überzeugung einen ganz anderen Schluss gezogen als sein Bruder. Wenn es denn zu Ende sein sollte, so dachte er, dann war es eben zu Ende. Aber vorher wollte er noch gelebt haben. Richtig gelebt. Ohne etwas auszulassen. Es gab genügend Menschen, die derselben Meinung waren, und zusammen zogen sie von Dorf zu Dorf, betranken sich jeden Tag und fraßen sich voll, bis sie kotzten. Auch Frauen waren dabei, die beschliefen sie reihum und manchmal auch gemeinsam. Wenn ihnen danach war, trieben es auch die Männer miteinander. Ob man für eine kleine oder für eine große Sünde in die Hölle kam, dachten sie sich, machte letzten Endes auch keinen Unterschied. Auf das Paradies hatten sie keine Hoffnung. Heilige waren sie nie gewesen und würden es in der kurzen Zeit auch nicht mehr werden.

Auf ihren Zügen übers Land begegneten sie immer mal wieder einer Büßerprozession, wehklagenden Menschen, die schwere Kreuze schleppten und die Köpfe mit Asche bestreut hatten. Wenn sie aufeinandertrafen, sangen die Ketzer höhnische Lieder und prügelten sich mit den Büßern. Man schlug ihnen die Köpfe blutig, aber sie fanden, genau so müsse es sein, genau so.»

«Hoffentlich hatten sie Backpulver dabei», sagte der König und lachte schon wieder nicht. Er musste sehr großen Ärger gehabt haben.

«Der jüngste Sohn blieb zu Hause, bestellte die Felder, melkte die Kühe und füllte die Scheune. Eines Abends, als er müde vom Acker zurückkehrte, hörte er ein seltsames Geräusch. Er dachte zuerst an ein Gespenst; in jener Zeit rechnete man immer mit solchen Dingen. Aber es war ein Mensch. Ein Mann. Er lag auf dem Misthaufen vor dem Hof und schnarchte laut. Zuerst erkannte er ihn nicht. Dann sah er, dass es sein Bruder war, derjenige, der sich mit Völlerei und Unzucht auf die Ewigkeit vorbereitete.»

«Völlerei und Unzucht», sagte der König. «Seit wann redest du so geschwollen?»

«Fressen und ficken», übersetzte die Prinzessin.

«Dann sag das doch, verdammt noch mal.»

«Entschuldigung», sagte die Prinzessin. «Dieser mittlere Bruder war im Suff auf ein fremdes Dach gestiegen und hatte sich beim Herunterfallen ein Bein gebrochen. Seine Kumpane hatten ihn nach Hause geschleppt und auf dem Mist abgeladen. Als er aus seinem Rausch erwachte, verlangte er nach Schnaps, um die Schmerzen zu betäuben. Dass sein Bein kaputt war, fand er nur komisch. Noch komischer erschien ihm der Vorschlag, einen zusätzlichen Anteil am gemeinsamen Hof zu erwerben. ‹Gebt mir nur den Wein aus dem Keller und die Schinken aus dem Kamin›, sagte er, ‹dann verschreibe ich euch alles, was mir gehört.› Und genau so besiegelten sie es mit Handschlag.»

«Im Suff macht man die verrücktesten Sachen», sagte der König. ‹Ich könnte dir Geschichten erzählen ...»

«Willst du?», fragte die Prinzessin.

«Nein», sagte der König. «Geschichten sind deine Sache.»

«Als sie von dem Wein und dem Schinken hörten», fuhr sie also fort, «kamen seine Freunde mit einem Karren vorbei. Sie luden ihn auf, die Weinfässer und die Schinken dazu, spannten sich selber als Pferde ein und sangen im Wegziehen selber erfundene schweinische Psalmen. Später drückten sie ihm eine Krone aus Dornenzweigen auf den Kopf und erklärten ihn zu ihrem König und Erlöser. Bald glaubte er selber an seine neue Würde, segnete und verfluchte sie, wie es ihm gerade in den Sinn kam. Wenn sie wieder einem Büßerzug begegneten und sich mit den reuigen Sündern prügelten, feuerte er sie von seinem Thron aus an. So zogen sie von Dorf zu Dorf, und je näher das Ende der Welt rückte, desto eifriger sündigten sie, um nur ja nichts zu versäumen.»

«Wenn ich wüsste, dass die Welt untergeht ...»

«Ja?», fragte die Prinzessin.

«Ich würde mich vorher umbringen.»

«Wirklich?»

«Bestimmt», sagte der König. «Aber man müsste ganz sicher sein.»

«Der eine Bruder sündigte also», erzählte die Prinzessin weiter, «und der andere betete. Er ließ sich sein Drittel auszahlen und verteilte das Geld an die Armen. So hatten sie beide ihren Anspruch auf den elterlichen Hof verkauft, der eine, um ihn zu verfressen und zu versaufen, der andere, um ihn zu verschenken. Der jüngste Bruder, dem der Hof jetzt allein gehörte, arbeitete weiter, wie er es gewohnt war, bis das Jahr älter wurde und es auf dem Feld nichts mehr zu tun gab. Dann saß er im Haus vor dem Feuer und knackte Nüsse. Der Herbst war lang vorbei. Am Tag wurde es nicht mehr richtig hell, und in der Nacht gefror das Wasser im Krug. Man konnte nichts mehr tun, als auf das Ende der Welt zu warten.»

«Warten ist Scheiße», sagte der König. «Sie haben ihn ins Krankenhaus gebracht. Den, der mir die Polster versaut hat. Sie haben uns abgenommen, dass es ein Werkstattunfall war, aber vielleicht wacht er ja doch noch einmal auf und erzählt ihnen, wie's wirklich war.» Er saugte an seiner Zigarre herum, aber die war endgültig ausgegangen. Er schmiss sie wütend auf den Teppich. «Na ja», sagte er nach einer Weile, «vielleicht habe ich Glück, und er kratzt ab.»

«Ja», sagte die Prinzessin. «Vielleicht hast du Glück.»

«Warten ist Scheiße», sagte der König. «Erzähl weiter.»

«Es wurde Dezember. Dezember neunhundertneunundneunzig. Sonst zogen in dieser Zeit die Winterdämonen mit ihren grässlichen Masken von Haus zu Haus und ließen sich mit einem Becher Wein oder einer Kupfermünze milder stimmen. In diesem Jahr blieben sie aus. Wer sich vor bösen Geistern schützen wollte, musste selber einen Mistelzweig über die Tür hängen oder einen toten Hund unter der Schwelle vergraben. Das waren althergebrachte Mittel, die sich bewährt hatten. Aber wenn um Mitternacht die Hörner zur letzten Schlacht bliesen, würde dann auch nur eine einzige Schwelle an ihrem Ort bleiben? Würde nicht jede Tür aus ihren Angeln springen? Würde es nicht Feuer und Schwefel vom Himmel regnen wie in Sodom und Gomorrha? Würde nicht Finsternis über das Land kommen wie im widerspenstigen Ägypten? Würden nicht die Mauern einstürzen wie dazumal in Jericho?»

«Du hast den Ton gut drauf», sagte der König. «Du musst in verdammt vielen Hotels geschlafen haben.»

«In zu vielen», sagte die Prinzessin.

«Jetzt hast du ja mich», sagte der König.

Ein Nachtfalter hatte einen Spalt im Fensterladen gefunden und flatterte um die Lampe.

«Ja», sagte die Prinzessin, «jetzt hab ich ja dich.»

«Erzähl weiter», sagte der König.

«Je näher der Tag des Weltuntergangs kam, desto mehr Leute glaubten daran. Manche zündeten ihre eigenen Häuser an und hofften damit den Weltenbrand aufzuhalten, so wie man ein Stoppelfeld absengt, um dem Waldbrand keine Nahrung zu lassen. Andere erinnerten sich daran, dass man in biblischen Zeiten den Herrgott mit Tieropfern milder gestimmt hatte. Sie schlitzten ihrem Vieh die Kehlen auf und manchmal auch ihren Kindern. Es gab solche, die auf Berge stiegen, so hoch hinauf, wie sie nur konnten, in der Hoffnung, dass sie dort oben die Posaune des Jüngsten Gerichts nicht würden hören müssen. Viele erhängten sich oder schlugen Löcher in das Eis der zugefrorenen Seen und sprangen hinein. Die Kirchen waren voll, und in den Häusern saßen die Leute im Dunkeln, weil sie all ihre Kerzen vor den Altären angezündet hatten.»

«Und die Verrückten mit ihren Orgien?», fragte der König.

«Denen gingen langsam die Sünden aus. Im Spätsommer hatten sie vom Ende der Welt erfahren, und jetzt war Winter. Alles, was ihnen an Verbotenem eingefallen war, hatten sie ausprobiert. Aber je selbstverständlicher das Sündigen wurde, desto langweiliger wurde es auch. Ein paar von ihnen waren auch abtrünnig geworden, manchmal von einem Moment zum andern, hatten sich den Büßern angeschlossen und sangen jetzt die Bittgesänge lauter als alle andern. Wieder ein paar verschwanden ohne Erklärung, hatten am Abend noch mit ihnen getrunken und waren am Morgen einfach nicht mehr da. Als der Dezember zu Ende ging, waren sie zu wenige, um noch einen Karren zu ziehen, vor allem, da der Wein getrunken und der Schinken gegessen war.

Der mittlere Bruder musste auf seinem schmerzenden Bein hinter ihnen her humpeln. ‹Ich bin doch euer König, euer Erlöser›, rief er und schwenkte seine Dornenkrone. Aber sie warteten nicht auf ihn, und irgendwann war er ganz allein.

Dann kam der einunddreißigste Dezember.»

«Und die Welt ging nicht unter», sagte der König.

«Natürlich nicht», sagte die Prinzessin. «Es trifft nur immer die Dinge, die einem Spaß machen.»

«Das ist wahr», sagte der König.

«In der Silvesternacht», erzählte die Prinzessin weiter, «saß der jüngste Bruder ganz allein zu Hause vor dem Feuer. Es war sehr still. Man hörte nichts als das Knistern der Flammen und von ganz fern das Läuten der Kirchenglocken. Es läuteten viele Glocken in jener Nacht.

Man hatte damals keine Uhren, und deshalb konnte er nicht wissen, wann Mitternacht war. Er konnte nur warten. Obwohl es doch, seiner Überzeugung nach, gar nichts zu warten gab. Er hatte nie an die Prophezeiung geglaubt. Und trotzdem, jetzt, wo ihr Zeitpunkt näher rückte, beschlich ihn die Angst. Vielleicht hatte er ja unrecht gehabt, und alle andern hatten recht. Vielleicht war es falsch gewesen, einfach weiterzumachen wie in einem ganz gewöhnlichen Jahr. Vielleicht hätte auch er beten müssen oder sündigen oder irgendetwas. Vielleicht ...

Von all dem Nachdenken wurde er müde, und als er wieder aufwachte, war das Feuer ausgegangen, und draußen war es hell. Wenn die Welt tatsächlich untergegangen war, dann hatte er diesen Untergang einfach verschlafen. Aber andererseits ... Wenn es keine Welt mehr gibt, dann jammern auch keine Kühe, weil sie nicht pünktlich gemolken worden sind und ihnen die Euter weh tun. Wenn es keine Welt mehr gibt, frieren die Füße nicht. Wenn man nach dem Ende der Welt aus dem Haus tritt, hört man keine Kirchenglocken. Ein paar läuteten immer noch, aber es waren schon weniger geworden.»

«Und das ist die ganze Geschichte?», fragte der König.

«Noch nicht.»

«Wenn er aufwacht, rufen sie mich an», sagte der König. «Wenn er abkratzt auch. Vorher kann ich doch nicht schlafen.» Er beugte sich aus dem Bett und hob die Zigarre vom Boden auf. «Meinst du, man kann sie noch einmal anzünden?», fragte er.

«Lieber nicht.»

«Du hast recht», sagte der König. «Ich hätte doch die teure Sorte nehmen sollen.» Er schmiss die Zigarre auf den Teppich zurück, und die Prinzessin machte mit ihrer Erzählung weiter.

«Der Erste, der nach Hause kam, war der Bruder, der mit der Ketzerbande herumgezogen war. Sein Bein war schief zusammengewachsen, und seine Stirn war voller Narben von der Dornenkrone.

‹Ich habe keinen Schnaps für dich›, sagte der Jüngste.

‹Macht nichts›, sagte sein Bruder. ‹Er hat mir sowieso nie geschmeckt.›

Über den Weltuntergang redeten sie nicht. Der Jüngste rührte eine Schüssel mit warmem Hirsebrei an, und der Mittlere löffelte ganz langsam und sagte: ‹Es tut gut, wieder in seinem eigenen Haus zu sein.›

‹Das ist nicht mehr dein Haus›, sagte der Jüngste. ‹Du

hast deinen Anteil verkauft. Für zwei Fässer Wein und vier geräucherte Schinken.›

‹Das werden wir noch sehen›, sagte der Mittlere.

Der älteste Bruder kam erst nach ein paar Tagen. Er war unter den Allerletzten gewesen, die in der Kirche ausgeharrt hatten. Es konnte ja sein, hatten sie sich gedacht, dass die Prophezeiung doch richtig war, und sich nur in die Zeitrechnung ein kleiner Fehler eingeschlichen hatte. So etwas konnte leicht passieren im Lauf von tausend Jahren. Aber irgendwann war ihr Hunger doch stärker gewesen als ihr Glaube.»

«Das ist immer so», sagte der König.

«Wahrscheinlich», sagte die Prinzessin. «Als der Älteste zur Tür hereinkam, war er ein bisschen verlegen. Es war ihm peinlich, dass die Welt nicht untergegangen war. Er machte deshalb ein umso strengeres Gesicht und befahl: ‹Bring mir Brot.›

‹Du könntest mich höflich darum bitten›, sagte der Jüngste.

‹In meinem eigenen Haus befehle ich›, bekam er zur Antwort.

‹Das ist nicht mehr dein Haus›, sagte der Jüngste. ‹Der Hof gehört jetzt mir. Du hast mir deinen Anteil verkauft, um Geld für Almosen zu haben.›

‹Aber die Welt ist nicht untergegangen›, sagte der Älteste.

‹Geschäft ist Geschäft›, sagte der Jüngste.

‹Das wollen wir erst noch sehen›, sagte der Älteste.»

«Ein ganz mieser Typ», sagte der König.

«Wie würdest du reagieren, wenn einer mit dir einen Vertrag abschließt und will ihn dann nicht einhalten?»

«Heute hat es einer probiert. Aber ich hatte einen zweiunddreißiger Ringgabelschlüssel zur Hand. Und jetzt sind meine Polster versaut. Erzähl weiter.»

«Die drei Brüder wurden sich nicht einig», fuhr die Prinzessin fort. «Der Jüngste bestand darauf, dass der Hof jetzt ihm gehöre ...»

«Sehr richtig», sagte der König.

«... aber die beiden anderen widersprachen ihm. Der Mittlere stellte sich auf den Standpunkt, zum Zeitpunkt ihrer Vereinbarung sei er betrunken gewesen ...»

«Sein Problem», sagte der König.

«... man habe ihm seinen Handschlag abgeluchst, und die ganze Sache sei deshalb nicht gültig.

‹Du hast zwei Fässer Wein und vier Schinken bekommen›, sagte der Jüngste.

‹Das ist der Beweis, dass ich nicht bei Sinnen war›, sagte der Mittlere. ‹So etwas wäre doch ein lächerlicher Kaufpreis für einen Drittel-Anteil an einem so schönen Hof.›»

«Und der älteste Bruder?», fragte der König. «Der hatte schließlich richtiges Geld bekommen.»

«Das bestritt er auch gar nicht. Aber er meinte, das sei kein Kaufpreis gewesen, sondern eine notwendige Betriebsausgabe. Nur mit den Almosen, den Prozessionen und den Gebeten hätten er und die anderen Büßer das drohende Unheil im allerletzten Augenblick noch abwenden können. Er habe etwas unternommen, im Gegensatz zu den beiden andern. Ohne seine Anstrengungen wäre die Welt unweigerlich untergegangen, und vom Hof wäre nichts übriggeblieben. Wenn er es recht überlege, gebühre ihm deshalb eigentlich ein bedeutend größerer Anteil als nur so ein bescheidenes Drittel. Aber im Geist brüderlicher Eintracht verzichte er auf diesen seinen gerechten Anspruch.

Sie wurden sich nicht einig, und ...»

Das Handy des Königs klingelte. Er schaute auf das Display, sprang aus dem Bett und schloss sich im Badezimmer ein.

Die Prinzessin sah sich nach dem Nachtfalter um, aber er war nirgends mehr zu sehen. Wahrscheinlich hatte er sich die Flügel verbrannt.

Der König kam zurück und stieg in seine Hose.

«Ist etwas passiert?», fragte die Prinzessin.

«Halt dich aus meinen Geschäften raus», sagte der König. Er zog sich sein Unterhemd über den Kopf und fand in der Eile den Ausgang für den Kopf nicht gleich. Durch den Stoff klang seine Stimme ganz ungewohnt, als er fragte: «Und wie geht die Geschichte aus?»

«Der Älteste und der Mittlere taten sich zusammen», sagte die Prinzessin, «und erschlugen den Jüngsten. Es war eine Zeit, in der die Menschen viel vergessen wollten, und so fragte nie jemand nach ihm.»

«Wie haben sie es gemacht?», fragte der König und knöpfte sein Hemd zu.

«Was meinst du?»

«Wie haben sie ihn erschlagen?»

«Mit einem zweiunddreißiger Ringgabelschlüssel», sagte die Prinzessin.

Der König schlüpfte in seine Schuhe und ging zur Tür.

«Backpulver», sagte er.

Die zehnte Nacht

«Ich bin gar nicht hier», sagte der König. «Bin seit Wochen nicht hier gewesen. Kapiert?»

«Wie du meinst», sagte die Prinzessin.

«Falls dich jemand fragt.»

«Wer sollte mich fragen?»

«Niemand», sagte der König.

«Und wenn doch – kenne ich dich überhaupt?»

«Wer weiß das schon?», sagte der König.

«Sie könnten mir ein Foto zeigen.»

«Du siehst dir deine Kunden nicht so genau an.»

«Weil mich nur ihr Geld interessiert.»

«Genau», sagte der König.

«Geld macht allerdings vergesslich», sagte sie. «Je mehr Geld, desto vergesslicher.»

Der König grinste und angelte nach seiner Brieftasche. «Aber dafür will ich eine besonders gute Geschichte hören», sagte er.

Die Prinzessin faltete die Banknote ganz klein zusammen und ließ sie verschwinden. «Es war einmal ein Mann», begann sie, «der erfand für andere Leute deren Leben.»

«Das kapiere ich nicht», sagte der König.

«Du bist ja auch nicht hier.»

«Stimmt», sagte der König.

«Er war ganz zufällig zu diesem Beruf gekommen», erzählte sie weiter. «Einer seiner Freunde hatte ihn einmal um Hilfe gebeten. Er wollte seine Frau betrügen und brauchte einen plausiblen Grund, um eine ganze Woche lang nicht nur verreist, sondern auch unerreichbar zu sein. Der Mann, von dem diese Geschichte handelt, erfand für ihn Angelferien an einem abgelegenen norwegischen See, wo es leider, leider kein Funknetz gab. Er war ein gründlicher Mensch, und deshalb brachte sein Kumpel eine Hose mit nach Hause, an der Fischschuppen klebten, und in der Tasche seiner Windjacke fand sich, wie achtlos vergessen, die Quittung eines Restaurants in Oslo. Seine Frau schöpfte keinen Verdacht. Dass sie sich ein Jahr später doch von ihm scheiden ließ, hatte mit einer ganz anderen Affäre zu tun.»

«So einen Freund müsste man haben», sagte der König.

«Das dachten viele, die davon erfuhren. Und manche waren bereit, für seine Dienste zu bezahlen.»

«So wie ich dich bezahle.»

«Nein», sagte die Prinzessin, «sie waren großzügiger.»

Der König lachte und schob die Brieftasche von ihr weg. «Später vielleicht», sagte er. «Wenn mir die Geschichte gefällt.»

«Sie wird dir gefallen», sagte die Prinzessin. «Es kommt ein Mensch drin vor, der gar nicht da ist.»

«Da bin ich gespannt», sagte der König, und die Prinzessin erzählte weiter.

«Seinen ersten lukrativen Auftrag bekam der Mann von einem Bekannten, der für ein halbes Jahr ins Gefängnis musste und nicht wollte, dass seine Geschäftspartner davon erfuhren. Für ihn erfand er eine Krebsoperation samt Chemotherapie. Das erklärte nicht nur den bleichen Teint, sondern auch gleich die kurzgeschorenen Haare. Er versorgte ihn mit einer Liste von Fachausdrücken für Symptome und Behandlungsmethoden und schrieb ihm noch jahrelang zum Geburtstag und zu Weihnachten Postkarten.»

«Wozu sollte das gut sein?»

«Wer so viel Zeit in einer Klinik verbringt, macht dort auch Bekanntschaften.«

«Clever», sagte der König.

«Gründlich», sagte die Prinzessin. «Aber so einfache Probleme machten ihm schon bald keinen Spaß mehr. In seinem Herzen war er Künstler, und die Wirklichkeiten, die er sich ausdachte, sollten so vielfarbig und lebendig sein wie ein Gemälde oder eine Symphonie.

Seine erste Kundin in dieser Richtung war eine reiche Witwe. Die guten Jahre ihres Lebens hatte sie mit einem langweiligen Bankier verbracht und wollte sich jetzt in ihren alten Tagen an Abenteuer erinnern, die sie nie gehabt hatte.»

«Das kann man nicht», sagte der König.

«Warum nicht?», sagte die Prinzessin. «Ich werde mich morgen auch erinnern, dass du heute nicht hier warst.»

«Das will ich dir auch geraten haben», sagte der König.

«Für die alte Dame», erzählte die Prinzessin weiter, «erfand er einen Liebhaber, mit dem sie, wenn ihr Mann auf einer seiner vielen Geschäftsreisen war, die heißesten Liebesnächte verbracht hatte. Er machte ihn auf ihren Wunsch zu einem proletarischen Handwerker, der eigentlich nur in ihre Villa gekommen war, um einen defekten Heizkörper zu reparieren, sie aber plötzlich mit rauhen Händen gepackt und ohne zu fragen geküsst hatte.

Er lieferte einen ganzen Packen vergilbter Briefe, in der ungelenken Handschrift eines Mannes, der das Schreiben nicht gewohnt ist. Die Umschläge waren an ein Postfach adressiert, und die alte Dame stellte sich gern mit wohligem Schauder vor, wie sie beim Abholen jedes Mal Angst vor Entdeckung gehabt haben würde. Die Kuverts verschnürte er mit einem lila Seidenband, so wie sie es selber getan hätte, wenn die Briefe echt gewesen wären. Manchmal steckten kleine Erinnerungsstücke in den Umschlägen, eine Handvoll getrockneter Rosenblüten oder die Bestellliste eines Pizzakuriers, auf die mit Lippenstift ein Herz gemalt war.

In den Briefen wurden die heimlich genossenen Nächte in allen Einzelheiten beschrieben, das Quietschen der Bettfedern in einem billigen Hotel und die kleine Narbe an der Innenseite ihres Schenkels, die er immer so gern küsste.»

«Woher wusste er von ihrer Narbe?», fragte der König. «Hatte sie ihm die gezeigt?»

«Es gab keine Narbe», sagte die Prinzessin. «Aber nachdem sie die Briefe gelesen und wieder gelesen hatte, nahm die alte Dame eine Rasierklinge und machte sich damit die Erinnerung noch überzeugender.»

«Sie war verrückt», sagte der König.

«Sie war glücklich», sagte die Prinzessin. «Als sie starb, fand sich neben den Briefen ein Testament, in dem sie den Lieferanten ihrer Erinnerungen zum alleinigen Erben einsetzte. Er sollte sich, hatte sie geschrieben, in Zukunft ohne Existenzängste nur noch seiner Kunst widmen können.»

«Erwartest du eigentlich, dass du in meinem Testament vorkommst?», fragte der König.

«Nein», sagte die Prinzessin. «Ich glaube nicht, dass du lang genug lebst, um eins zu schreiben.»

Der König lachte lauter, als es nötig gewesen wäre.

«Man kann sich nicht als ‹Lebenserfinder› in die Gelben Seiten eintragen lassen», fuhr die Prinzessin fort, «oder ein Firmenschild an die Tür hängen, auf dem ‹Erlebnisdesigner› steht. Seine besonderen Fähigkeiten sprachen sich aber doch herum, und es fanden sich immer wieder Kunden.

Manche der Leben, die er für andere erfand, waren regelrechte Kunstwerke. Da war ein junger Mann, den hatte mit vier Jahren ein Auto angefahren, und seither saß er im Rollstuhl und konnte seine Beine nicht bewegen. Für den dachte er sich eine Jugend voller Abenteuer aus. Zum Beispiel wie er einmal, mit zehn oder elf, von zu Hause weggelaufen und drei ganze Tage nicht zurückgekommen war, wie er sich in einem Zigeunerwagen vor der Polizei versteckt hatte, und wie ein wunderschönes Mädchen mit schwarzen Haaren ihm ein Lied beigebracht und ihm seinen allerersten richtigen Kuss gegeben hatte.

Damit sein Kunde glücklich im Rollstuhl sitzen und sich erinnern konnte, lieferte er alle Details mit. Die Füße des Mädchens, zum Beispiel, das gehörte zu der Erinnerung, waren bis zu den Knöcheln von grauem Staub überzogen gewesen, weil sie doch keine Schuhe besaß. Und als er zu Hause wieder vor der Tür stand, war seine Mutter so leer geweint, dass ihr erleichtertes Schluchzen wie Husten klang.

Er besorgte ihm die Pokale von gewonnenen Fußballturnieren und brach bei einem den Henkel ab, weil sie bei der Siegesfeier übermütig geworden waren und sich die Trophäe gegenseitig zugeworfen hatten. Es gab auch einen Film, in dem junge Männer von einem gefährlich hohen Felsen ins Meer sprangen. Die Aufnahme war verwackelt, und man konnte die Gesichter nicht richtig erkennen, aber der eine, der mit den langen Haaren und dem besonders kühnen Sprung, das war der Mann im Rollstuhl gewesen, und er erinnerte sich ganz genau an das Gefühl, wie es war, wenn man durch die Luft segelte wie ein Raubvogel.

Er war dann Stuntman geworden, einer der kommenden Leute in Hollywood, aber bei einem besonders gefährlichen Trick, den sich alle anderen nicht zutrauten, war der Sicherungsdraht gerissen, und er war aus dem brennenden Haus ungebremst in die Tiefe gestürzt. Zu seinen Erinnerungen, die ihm der Lebenserfinder geliefert hatte, gehörten auch die Schreie der Leute und sogar sein letzter Gedanke vor dem Aufprall. ‹Warum schreien sie denn jetzt schon?›, hatte er gedacht, denn im Filmbusiness erschrickt man nicht, wenn etwas passiert, sondern erst, wenn die Kamera auf einen gerichtet ist. Seit jenem Tag war er gelähmt, aber an der Wand hingen die signierten Fotos von befreundeten Stars, und in einem Album klebten Berichte amerikanischer Zeitungen über seinen Unfall. Er war sehr stolz auf sein Leben und erzählte gern davon.»

«Armes Schwein», sagte der König.

«Er hatte wenigstens etwas erlebt», sagte die Prinzessin.

Draußen hörte man Schritte. Sie spürte, wie der König seinen Körper anspannte. «Mach dir keine Sorgen», sagte sie. «Du bist ja nicht hier.»

«Nicht so laut», sagte der König.

Die Schritte gingen weiter, und die Prinzessin fuhr mit ihrer Erzählung fort.

«Die meisten Vergangenheiten, die er erfinden musste, hatten mit Liebesgeschichten zu tun. Nichts schien die Leute so zu bewegen wie Eroberungen, die sie nicht gemacht, und Gelegenheiten, die sie verpasst hatten. Dabei waren es keine heißblütigen Bettszenen voll akrobatischer Verrenkungen, die seine Kunden von ihm haben wollten. Was sie ihm aus den Händen rissen waren romantische Begegnungen voll scheuer Zärtlichkeit.»

«Warum denn das?», fragte der König.

«Ich glaube nicht, dass ich dir das erklären kann.»

«Ist mir auch egal», sagte der König. «Ich hab andere Sorgen. Los, erzähl weiter. Und komm endlich auf den Punkt.»

«Einmal, als er am Seeufer spazieren ging, um sich für eine besonders filigrane Erinnerung, die man bei ihm bestellt hatte, neue Inspiration zu holen, sprach ihn eine Frau an. Eine sehr hübsche junge Frau mit langen hellblonden Haaren.

‹Du musst mich da rausholen›, sagte die Frau. ‹Du kannst mich denen nicht einfach überlassen.›

Er wusste nicht, wer sie war. Zwar kam ihm das Gesicht auf unscharfe Weise bekannt vor, aber er wusste es in keinen Zusammenhang einzuordnen.

‹Tut mir leid ...›, setzte er an.

Die Frau unterbrach ihn. ‹Ich weiß nicht, ob ich dir das glauben kann›, sagte sie. ‹Ohne dich wäre mir das alles doch nicht passiert.›

Er starrte sie an, und in seinem Kopf waren gleichzeitig zwei ganz verschiedene Gedanken. ‹Sie ist wunderschön›, war der eine. Und der andere: ‹Ich habe diese Frau noch nie gesehen.›

Er fragte sie nach ihrem Namen und versuchte das so beiläufig zu tun, wie man ein verzeihliches Versehen eingesteht, einen vergessenen Regenschirm oder nicht eingeworfenen Brief. Aber ihre Augen füllten sich mit Tränen, und sie sagte: ‹Weißt du eigentlich, wie verletzend das ist?› Sie drehte sich von ihm weg, die langen Haare flogen wie im Wind, und es schien ihm, dass er noch nie eine anmutigere Bewegung gesehen hatte.»

«Anmutig?» Der König presste in ironischer Anerkennung Luft durch die Lippen. «Heute haben wir aber die ganz feinen Worte drauf, was?»

«Sie war eine Frau, zu der feine Worte passten. Ein schmaler, mädchenhafter Körper. Große, fragende Augen voll ungeweinter Tränen. Eine Frau, für die man Gedichte schreibt oder im Frühjahr den allerersten Flieder aus fremden Gärten stiehlt. Eine Frau, die man beschützt. Und er hatte keine Ahnung, woher er sie kannte.

‹Helfen Sie mir weiter›, sagte er. ‹Ich kann mich beim besten Willen nicht erinnern ...›

‹Andere können es›, sagte die Frau. ‹Das ist ja das Schlimme.› Sie hob ganz plötzlich den Kopf, als ob jemand sie gerufen hätte, streckte die Hand aus, wie um sich an ihm festzuhalten, und ging dann ganz schnell fort. Er folgte ihr mit den Blicken, bis sie zwischen den Menschen am Ufer verschwunden war, und hätte schon im nächsten Augenblick nicht mehr sagen können, wie sie ausgesehen hatte.»

«Blond», sagte der König. «Lange blonde Haare.»

«Das reicht nicht. Kannst du die Augen zumachen und mir beschreiben, wie ich aussehe?»

«Um dich geht es nicht», sagte der König. «Ich bin hier der Kunde. Also halt den Mund, und erzähl weiter.»

«Entschuldige», sagte die Prinzessin. «Als er nach Hause kam, wartete die Frau auf dem Treppenabsatz. Er sperrte die Tür auf, und sie folgte ihm hinein. Im Wohnzimmer setzte sie sich in die äußerste Ecke des Sofas, die Hände auf den Knien. ‹Sie schlafen jetzt›, sagte sie. ‹Alle beide.›

Er hatte keine Ahnung, von wem sie sprach.

‹Keiner von ihnen weiß, dass es den andern gibt›, sagte die Frau. ‹Aber ich weiß es. Du hättest das nicht tun dürfen.› Sie hob die Hand, um eine Frage abzuwehren, die er noch gar nicht gestellt hatte. ‹Ich bin nicht gekommen, um dir Vorwürfe zu machen. Wirklich nicht. Aber mit wem sonst kann ich darüber sprechen?›

Und dann erzählte sie. Sie berichtete von zwei Männern, der eine schon sehr alt und manchmal nicht mehr ganz bei Verstand, der andere übermäßig dick, durch eine Krankheit aufgequollen oder vielleicht auch nur durch unbeherrschte Fressgier. Beide lebten sie für sich allein, keiner in ärmlichen Verhältnissen. Sie konnten sich vieles leisten und leisteten es sich auch. Wahrscheinlich, sagte sie, waren sie damals aus ganz verschiedenen Beweggründen auf den gleichen Gedanken gekommen, wie wohl jeder seiner Kunden einen anderen, eigenen Antrieb für seine Investition hatte.

Er erschrak, denn in seinem Gewerbe war Diskretion wichtig. ‹Was wissen Sie von meinen Kunden?›, fragte er.

‹Zu viel›, antwortete die Frau. ‹Manchmal ist es nicht auszuhalten.›»

Draußen gingen wieder Schritte vorbei, diesmal in die andere Richtung. Wahrscheinlich war es dieselbe Person wie vorher, hatte etwas abgegeben oder jemanden nicht angetroffen. Der König lauschte dem Geräusch nach, bis es ganz verklungen war. «Lang kann ich heute nicht bleiben», sagte er.

«Du bist gar nicht hier», sagte die Prinzessin.

«Aber die Geschichte will ich noch zu Ende hören. Kannst du sie abkürzen?»

«Ganz wie du willst», sagte die Prinzessin. «Aber das kostet dann nicht weniger.»

«Darauf soll's nicht ankommen», sagte der König. «Erzähl.»

«Beide Männer, der alte und der fette, hatten bei ihm einmal Erinnerungen gekauft. Nichts Ausgefallenes. Viel Zärtlichkeit hatten sie bestellt und vor allem das Wissen, einmal geliebt worden zu sein. Das Übliche. Er hatte bei den Aufträgen nicht direkt gepfuscht, das hätte sein Künstlerehrgeiz nie zugelassen, aber er hatte sich doch nicht ganz die Mühe gegeben, die seinen Honoraren angemessen gewesen wäre. Hatte die erste brauchbare Lösung genommen und nicht nach einer zweiten, besseren gesucht.

Und er hatte, aus reiner Flüchtigkeit, einen unverzeihlichen Fehler begangen. In beiden Erinnerungen kam dieselbe Frau vor. Exakt dieselbe Frau. Ein zerbrechliches, zum Beschützen einladendes Wesen mit langen hellblonden Haaren. Und jetzt war sie zu ihm gekommen, um sich darüber zu beschweren.»

«Soll das heißen: In seinem Zimmer saß eine Frau, die hatte er sich nur ausgedacht?»

«Denken wir uns nicht immer die Menschen aus, in die wir uns verlieben?»

«Das ist mir zu philosophisch», sagte der König.

«Die beiden Männer erinnerten sich an dieselbe Frau, hatten sie beide geliebt, und waren beide von ihr geliebt worden. Diese widersprüchlichen Erinnerungen rissen sie hin und her, immer von einem zum andern und wieder zurück.

Für den fetten Mann war sie eine Tänzerin gewesen, eine, die im Scheinwerferlicht schwerelos über die Bühne schwebte, und sich dann im Dunkeln von ihm die blutenden Füße verbinden ließ. Sie hätte ihren Beruf für ihn aufgegeben, so dankbar war sie ihm für seine Liebe, aber er verstand, dass das ein zu großer Verlust für sie gewesen wäre, opferte sein Glück ihrem Talent und verfolgte nur noch fern und unerkannt, wie sie von Triumph zu Triumph tanzte.

Für den alten Mann war sie eine traurige Braut, für Geld an einen lieblosen Altar geschleppt, er hatte sie gerettet und entführt, in ein fernes Land, eine andere Welt, wo sie verzauberte Tage miteinander verbrachten, keusch wie Geschwister. Bis ein anderer auftauchte, ein Jüngerer, der besser zu ihr passte. Er verzichtete selbstlos und sagte beim Abschied: ‹Wenn du nur glücklich wirst.›

Sie war das eine gewesen und das andere. Und jetzt sollte sie für alle Zeiten beides sein. Ihr eigener Zwilling. Je mehr sich die Bilder in den Köpfen der beiden Männer verfestigten, desto mehr zerriss es sie. Sie wollte ihn nicht anklagen, ganz bestimmt nicht, aber in zwei Vergangenheiten gleichzeitig zu sein, das war schwer zu ertragen. Allein fand sie keinen Ausweg, aber er war doch ein Künstler, er hatte doch Einfälle, er musste doch eine Lösung finden können, damit sie nicht länger …

Mitten im Satz brach sie ab und hob wie lauschend den Kopf. ‹Er ist aufgewacht›, sagte sie. Als sie hinausgegangen war, lief er ihr nach. Aber da waren keine Schritte auf der Treppe.»

«Hm», sagte der König. «Und dann?»

«Er wusste nicht, wo er sie finden sollte, musste sich wohl von ihr finden lassen, so wie es schon zweimal geschehen war. Es war alles seine Schuld, das sah er jetzt ein. Er hatte gepfuscht, jawohl: gepfuscht. Er hatte diesem wunderbaren Wesen etwas Unverzeihliches angetan, hatte sie in eine Lage gebracht, die nicht zu ertragen war. Aber er würde alles wiedergutmachen, ganz bestimmt, sie würde wieder glücklich sein, würde ihn dankbar anlächeln, und er würde sie in die Arme nehmen, beschützend und tröstend, sie würde den Kopf an seine Brust legen, und er würde ihr über die Haare streichen und sagen: ‹Es ist ja wieder gut, mein Kleines, es ist ja alles wieder gut.›»

«Und dann mit ihr in die Kiste steigen.»

«Möglich, dass er auch daran dachte», sagte die Prinzessin. «Wenn er es auch sicher anders genannt hätte. Er war verliebt.»

«In eine ausgedachte Frau?»

«Es konnte gar nicht anders sein. Er hatte sie so erfunden, wie sie war, hatte sie sogar zweimal erfunden, weil er sich so und nicht anders eine Frau zum Verlieben vorstellte. Jetzt war er ihr begegnet, der Künstler seinem Kunstwerk, und was konnte selbstverständlicher sein, als dass sie zusammengehörten?

Er wartete in jeder Stunde auf sie, aber sie tauchte nicht mehr auf, nicht an diesem Tag, nicht am nächsten und nicht am übernächsten. Nur einmal glaubte er sie von weitem in einer Menschenmenge zu sehen, und er war ganz sicher, dass sie weinte.»

«Mach voran», sagte der König. «Ich hab nicht die ganze Nacht.»

«Er wusste, was er zu tun hatte», fuhr die Prinzessin fort. «Sie lebte in zwei widersprüchlichen Erinnerungen, und sie litt darunter. Also durfte es diesen Widerspruch nicht länger geben. Er hatte die Erinnerungen in die Welt gebracht, und er konnte sie auch wieder verschwinden lassen. Was er geschaffen hatte, konnte er auch wieder zerstören.

Für gewöhnlich vermied er nach erfolgter Lieferung jeden Kontakt zu seinen Kunden. Sie hatten bei ihm ein Stück Leben gekauft, um es zu ihrem eigenen zu machen. Die Person des Verkäufers störte dabei nur. Der fette Mann war denn auch gar nicht erfreut, ihn zu sehen. Aber er ließ ihn doch eintreten, und da die Pistole einen Schalldämpfer hatte, hörten die Nachbarn nichts von den Schüssen. Der alte Mann machte es ihm leichter. Seine Tür stand offen, vielleicht in Erwartung eines Pflegedienstes, und er wachte nicht einmal auf, als er ihm das Kissen ins Gesicht drückte.

Zu Hause stand er lang unter der Dusche, zuerst ganz heiß und dann eisig kalt. Mit seiner Garderobe gab er sich mehr Mühe, als es seine Gewohnheit war, und hatte dann doch einen Blutfleck auf der Hose, weil ihm ein Champagnerglas aus der Hand fiel und er sich an den Scherben schnitt.

Aber als sie an die Tür klopfte, war alles perfekt. So wie er es erträumt hatte. Genau so. Sie war erlöst und dankbar, er hielt ihre Finger in den seinen, und sie sagte: ‹Du hast so starke Hände.› Ihre Augen waren tief und rätselhaft, und wenn Tränen in ihnen schimmerten, dann waren es Tränen der Erleichterung. Sie trank Champagner, und sie lachte und warf den Kopf in den Nacken, und die hellblonden Haare flogen.

Irgendwann stand sie auf, kannte sich plötzlich in seiner Wohnung aus, in der sie sich doch gar nicht auskennen konnte, nahm ihn an der Hand und führte ihn ins Schlafzimmer.»

«Hab ich's doch gewusst», sagte der König.

«Aber weißt du auch, was dort passierte?»

«Missionarsstellung», sagte er. «Ruckel, ruckel, spritz, spritz. Ich hatte früher mal ein paar Pferdchen laufen, und die haben mir das erzählt. Je romantischer ein Mann vorher tut, desto weniger Phantasie hat er nachher im Bett.»

Die Prinzessin erinnerte sich an so manchen Kunden, bei dem sie auch genau diese Erfahrung gemacht hatte. «Das ist nicht falsch», sagte sie. «Aber so weit kam es gar nicht.»

«Jetzt wird's interessant», sagte der König.

«Das Licht hatte sie ausgemacht, aber die Vorhänge waren offen. Eine Straßenlaterne erfüllte das Zimmer mit falschem Mondlicht. Sie schälte sich aus ihren Kleidern, auf eine keusche und gerade deshalb unendlich erregende Art. Er lag auf dem Bett und schaute ihr zu. Sie lächelte ihn an und drehte sich weg. Ganz langsam fiel die letzte Hülle. Er wagte kaum zu atmen. Endlich wandte sie sich ihm zu, die hellblonden Haare wie ein allerletzter Vorhang. Ganz langsam streckte sie die Hände nach ihm aus, und ...»

«Und?», fragte der König ungeduldig.

«Nichts», sagte die Prinzessin.

«Kriegte er keinen hoch oder was?»

«Doch», sagte die Prinzessin. «Aber als der Moment gekommen war, wurde ihm klar, dass er als Künstler versagt hatte. Er war zu wenig perfekt gewesen. Oder allzu perfekt.»

«Was war denn los?»

«Als er sie sich ausgedacht hatte», sagte die Prinzessin, «beide Male, da war er wohl in einer allzu romantischen Stimmung gewesen.»

«Versteh ich nicht», sagte der König.

«Er hatte diese federleicht schwebenden Haare erdacht. Die schimmernden Augen. Die Nase und den Mund und das Kinn. Er hatte ihr kleine, feste Brüste gegeben und lange, schlanke Beine. Lieblich hatte er sie gemacht und anmutig und kindlich und fraulich. Hatte sie so perfekt geschaffen, dass jeder Mann sie beschützen wollte, behüten und vor allem Bösen dieser Welt bewahren. Aber er hatte dabei nie an Sex gedacht. Das war kein Teil der Bestellung gewesen, und es passte auch gar nicht zu dem Wesen, das er damals aus den Tiefen der eigenen Phantasie hervorgeholt hatte. Zweimal hervorgeholt.»

«Du meinst, sie hatte gar keine …?» In der Stimme des Königs kündigte sich ein Gelächter an. Ein Gewitter von einem Gelächter.

«Da war nur eine Unschärfe», sagte die Prinzessin. «Ein Schatten. Ein Nichts, das aber durchaus kein Mangel war, denn sie war ja perfekt. Das ideale Wesen für eine reine, selbstlose Liebe.»

«Bloß ficken konnte man sie nicht.» Das Gelächter brach jetzt aus dem König heraus. Er röhrte und wieherte. Zweimal versuchte er sich aufzurichten und fiel beide Male hilflos auf den Rücken zurück. «Und dafür bringt er zwei Menschen um», japste er.

«Beim einen schloss man auf natürlichen Tod durch Altersschwäche», sagte die Prinzessin. «Und im zweiten Fall wurde er nie verdächtigt.»

«Was trieben die beiden denn nun miteinander?» Der König lachte immer noch.

«Das ist eine andere Geschichte», sagte die Prinzessin. «Soll ich sie dir auch noch erzählen?»

«Nein», sagte der König hustend und spuckend. «Beim nächsten Mal vielleicht. Obwohl ...» Er suchte nach seiner Unterhose und fand sie auf dem Fußboden. «So genau will ich es gar nicht wissen.»

Als er seine Brieftasche einsteckte, sagte die Prinzessin: «Wolltest du mir nicht noch etwas geben?»

«Wieso?», sagte der König. «Ich bin doch gar nicht hier.»

Und eine

«Hör auf mit deinen Geschichten», sagte der König. «Mit deinen Scheißgeschichten.»

«Bist du erkältet?», fragte die Prinzessin.

«Mir brennen die Augen», sagte der König. «Weil es hier drin so stinkt. Was ist das für ein beschissenes Parfüm?»

«Hast du mir mitgebracht», sagte die Prinzessin.

«Wie Hundepisse. Aber da kommt es jetzt auch nicht mehr drauf an. Ist doch alles scheißegal.» Den Hosenbund hatte der König schon aufgeknöpft. Jetzt setzte er sich auf den Bettrand und zog das Hemd über den Kopf. «Schau dir meinen Bauch an», sagte er.

Die Prinzessin schaute und sah nichts Besonderes.

«Da drin», sagte der König. «Irgendwo da drin.» Er schloss die Augen und schüttelte ganz langsam den Kopf. Immer wieder. Im Zoo hatte die Prinzessin einmal einen Eisbären gesehen, der hatte sich stundenlang so bewegt. Damals war sie noch ein Kind gewesen.

Der König versuchte sich die Hose von den Beinen zu streifen. Er hatte immer noch seine Schuhe an. Die teuren italienischen Schuhe, die er nur zu besonderen Anlässen trug.

Die Prinzessin stieg aus dem Bett, kniete vor ihm nieder und wollte ihm helfen. Der Schuh traf sie mitten ins Gesicht.

«Das war nicht nötig», sagte sie.

«Ich brauche keine Hilfe», sagte der König. «Ich habe noch nie Hilfe gebraucht.»

«Ich weiß», sagte die Prinzessin.

«Einmal habe ich ein Auto hochgehoben. Ganz allein. Damit sie einen Mann drunter vorziehen konnten. Ein Auto. Mit bloßen Händen.»

«Du hast es mir erzählt», sagte die Prinzessin.

«Mir muss niemand helfen. Mir nicht.» Er hob die Arme, wie um zuzuschlagen, und ließ sie wieder sinken. «Ach was», sagte er. «Scheißegal. Komm her und mach mir die Schuhe auf.»

Als er dann neben ihr lag, tastete er nach ihrer Hand und berührte eine Fingerspitze nach der anderen. Als ob er sie zählen würde.

«Die Medizin ist eine einzige Abzocke», sagte der König. «Da geht man zum besten Arzt, zum Professor persönlich, geht als Privatpatient ...»

Darum die Schuhe, dachte die Prinzessin.

«... und was sagt er einem? ‹Es kann auch etwas Harmloses sein.› Kann. Hat da die teuersten Geräte stehen und sagt: ‹Kann.› Lässt einen fünf Wochen auf einen Termin warten. Mehr als einen Monat. Ein schwarzer Fleck auf dem Röntgenbild, aber das ist ihm scheißegal. Eine Pistole am Hals, aber das kümmert ihn nicht. ‹Kann›, sagt er. Kann auch nur eine Platzpatrone sein.»

«Ich wusste nicht, dass du krank bist», sagte die Prinzessin.

«Ich sterbe vielleicht», sagte der König. «Ich sterbe, und du willst mir Geschichten erzählen.»

«Dafür kommst du her.»

«Spar dir deine Scheißmärchen», sagte der König. «Leg sie unter die Matratze und pass gut auf sie auf. Du wirst sie brauchen, wenn du dir dann neue Kunden suchen musst.»

«Du siehst nicht krank aus», sagte die Prinzessin.

«Das Zeug ist hinterhältig.» Der König ließ sich auf den Rücken fallen und faltete, wie zur Probe, die Hände über der Brust.

Sie hörte ihn atmen, eine Minute lang oder zwei. Dann wälzte er sich zur Seite und drehte ihr den Rücken zu. «Jetzt erzähl schon deine Scheißgeschichte», sagte er.

«Sie wird dir nicht gefallen.»

«Fang an», sagte der König.

«Aber interessieren wird sie dich», sagte die Prinzessin.

«Das wird sich zeigen.»

«Es war einmal ein junger Mann», begann sie, «der wollte nur über die Straße gehen.»

«Was soll das für eine Geschichte sein?»

«Er kam von der Arbeit und war unterwegs nach Hause. Für gewöhnlich nahm er die U-Bahn, auch wenn es nur zwei Stationen waren, aber heute war es draußen angenehm warm, und er hatte nichts Besonderes vor. Also bummelte er ganz gemütlich, und als er auf der anderen Straßenseite ein Lokal entdeckte, das gerade erst neu eröffnet hatte, wollte er hinübergehen, um sich die Speisekarte anzusehen. Er hatte ein kleines bisschen Hunger.

Er war ein ordentlicher junger Mann und wartete, bis die Ampel grün wurde. Dann ging er los und war gerade in der Mitte der Straße angekommen, als plötzlich ...»

«… ein Auto angefahren kam und ihn überfuhr», sagte der König. «Das ist wirklich eine Scheißgeschichte.»

«Nein», sagte die Prinzessin. «Als plötzlich die ganze Straße verschwunden war. Einfach nicht mehr vorhanden. Wie im Film, wenn man nach einem Schnitt plötzlich an einem ganz anderen Ort ist. Vorher waren da Läden gewesen, das neue Lokal und der Eingang eines Kinos. Jede Menge Leute, Autos und Fahrräder. Jetzt war alles leer. Kein Bürgersteig und keine Fahrbahn. Nur eine Art Piste, kerzengerade und endlos lang, auf beiden Seiten gesäumt von fensterlosen Fassaden. Wie Lagerschuppen sahen sie aus, oder wie Hangars von Flugzeugen.»

«Und wie war er da hingekommen?», fragte der König.

«Das ist der Schluss der Geschichte», sagte die Prinzessin. «Hast du es so eilig?»

«Erzähl», sagte der König.

«Die Veränderung passierte so plötzlich», fuhr sie fort, «dass sie ihm seinen letzten Gedanken mitten entzweischnitt. Ich habe …, hatte er noch auf der alten Straße gedacht, … Hunger, dachte er schon auf der neuen. Aber da war kein Lokal mehr. Da war gar nichts mehr. Nur diese langen, blinden Fassaden links und rechts.

Er blieb stehen.

Kein Verkehr. Nirgendwo ein Straßenschild. Der Boden völlig sauber. Kein Zigarettenstummel und kein Fetzen Papier.

Ich träume, dachte er zuerst. Aber er lag nicht im Bett und war auch nicht an seinem Schreibtisch eingedöst. Er war wirklich an diesem fremden Ort, für den er keine Erklärung hatte.

Er versuchte festzustellen, wo Osten und wo Westen war, konnte aber die Sonne nicht finden. Der Himmel war von einem einförmigen schimmernden Grau, wie manchmal an Herbsttagen, wenn der Dunst das Licht einebnet. So regelmäßig war das Licht, das es auf dem Boden keine Schatten warf.»

«Keine Schatten?», fragte der König. «Wird das eine Gruselgeschichte?»

«Würde dich das stören?», fragte die Prinzessin.

Der König gab keine Antwort, und so erzählte sie weiter. «Der junge Mann beschloss, seine neue Umwelt zu erkunden. Irgendwo muss jemand sein, überlegte er. Wenn es Fabriken sind, muss jemand darin arbeiten, und wenn es Lagerhallen sind, muss sie jemand organisieren. Er wählte sich also eine Richtung aus, ganz zufällig, und ging los, immer einer Fassade entlang. Die Wand, der er folgte, war aus einem grünlichen Material, für das er keinen Namen hatte. Man konnte mit der Hand daran entlangfahren, und die Hand wurde nicht schmutzig.

Schließlich kam er an eine Kreuzung. Nach links und nach rechts erstreckte sich eine andere leere Straße, und auch an ihr standen Lagerhäuser. Hangars. Fabriken. Was immer das für Gebäude waren.

Ich muss mir merken, wo ich schon gewesen bin, überlegte er. In seinem Jackett fand sich eine Packung Papiertaschentücher und mitten auf der Kreuzung legte er eins auf den Boden. Er hätte es gern mit etwas beschwert, aber er sah nirgends einen losen Stein oder ein Holzstück. Seinen Schlüsselbund wollte er dazu nicht hergeben und seinen Geldbeutel auch nicht. So legte er das Taschentuch hin, und als er sich später danach umdrehte, hatte es sich nicht bewegt. Es gab hier auch keinen Wind, fiel ihm auf.

Er ging weiter geradeaus, einer anderen Fassade entlang. Als er die Wand mit den Fingern berührte, spürte er ein leichtes Pulsieren, als ob dahinter eine große Maschine liefe. Wenn er sich sehr anstrengte, konnte er sogar deren Geräusch hören. Aber vielleicht bildete er sich das auch nur ein.»

«Das ist eine Scheißgeschichte», sagte der König. «Weißt du das eigentlich?»

«Ich weiß», sagte die Prinzessin. «Aber es gibt keine andere.»

Der König knetete an seinem Bauch herum. «Irgendwo da drin», sagte er. «Ein schwarzer Fleck. Es kann auch gutartig sein, meint er.»

«Hast du Schmerzen?»

«Du sollst erzählen und keine Fragen stellen. Keine Scheißfragen. Dafür bezahl ich dich nicht.»

«Wie du willst», sagte die Prinzessin. «Der Mann ging also immer weiter geradeaus ...»

«Und geradeaus und geradeaus ...», äffte sie der König nach.

«... und das Maschinengeräusch wurde lauter und lauter. Zwei Töne, die sich abwechselten. Im immer gleichen langsamen Rhythmus. Ein dumpfes Wummern und ein etwas helleres Pfeifen. Wummern und Pfeifen. Und plötzlich, genau in der Mitte der Fassade, war da eine Öffnung in der Wand. Keine Tür, nur eine Öffnung. Natürlich ging er hinein. Er fand sich in einer großen, durch nichts unterteilten Halle voller Betten.»

«Betten?», sagte der König.

«Betten», sagte die Prinzessin. «Sie standen da in ordentlichen Reihen, immer eins neben dem andern, in einem Abstand, der gerade ausreichte, dass man zwischen ihnen hindurchgehen konnte. Nach links und nach rechts erstreckten sich die Reihen, weiter als er sehen konnte, wahrscheinlich bis zum Ende des Gebäudes. Und nach jeder Reihe kam die nächste und wieder die nächste und wieder die nächste.»

«Betten?»

«In denen Menschen lagen», sagte die Prinzessin. «Jeder mit einem Schlauch verbunden, der sich von der Decke herabschlängelte. Die meisten von ihnen hatten die Augen geschlossen, aber auch die anderen schienen ihn nicht zu sehen. Selbst wenn er sie anfasste, reagierten sie nicht.»

«Was waren das für Menschen?», fragte der König.

«Ganz verschiedene. Männer und Frauen. Die meisten von ihnen schon alt, aber es gab auch junge darunter und sogar Kinder. Sie lagen einfach da, manche auf dem Rücken und manche auf der Seite, mit angezogenen Beinen. Sie atmeten alle im gleichen Takt. Im Takt der Maschine.»

«Ein Krankenhaus?», fragte der König.

«Nicht wirklich», sagte die Prinzessin. «In einem Krankenhaus hätte es Ärzte gegeben. Pfleger. Hier war niemand. Nur die Menschen in ihren Betten. Immer einer neben dem andern.»

«Ich war heute im Krankenhaus», sagte der König. «Es stinkt da so sauber. Wie auf dem Bahnhofsklo.»

«Hier roch man nichts. Man hörte nur die Maschine. Ein dumpfes Wummern, ein helles Pfeifen. Die Geräusche kamen aus einem oberen Stockwerk, aber da war nirgends ein Aufgang.

Der junge Mann ging so durch die Reihen, wie er es sich draußen für die Straßen vorgenommen hatte: immer geradeaus. Die Betten waren alle gleich angeordnet. Die Köpfe rechts, die Füße links. Die Menschen mit ihren leeren Gesichtern bewegten sich nicht, nur ihre Schläuche pulsierten im Takt.

Ein Wummern, ein Pfeifen.

Irgendwann, es war ein langer Weg gewesen, kam er zur gegenüberliegenden Wand, in der auch wieder eine Öffnung war. Keine Tür, nur eine Öffnung.

Die Temperatur draußen war genau gleich wie die drinnen. Da gab es keinen Unterschied.

Auf der andern Straßenseite – wenn man es denn, so ganz ohne jeden Verkehr, eine Straße nennen konnte – war das nächste Gebäude. Und wieder eine Öffnung. Hier waren von außen keine Motorengeräusche zu hören, sondern Stimmen. Sie schienen durcheinanderzureden oder -zurufen. Er konnte die einzelnen Worte nicht verstehen, aber sie gaben ihm die Hoffnung, dass sich da drin jemand finden ließe. Jemand, der ihm erklären konnte, wo er hingeraten war und was es mit diesen Gebäuden auf sich hatte.

Als er eintrat, wurden die Stimmen plötzlich lauter, als ob da vorher ein Schallschutz gewesen wäre. Sie redeten nicht durcheinander, wie er gemeint hatte. Sie redeten überhaupt nicht. Sie schrien. Vor Schmerzen. Jede Stimme für sich.»

«Du tust wirklich alles, um mich aufzuheitern», sagte der König.

«Du wolltest die Geschichte haben. Ich wusste, dass sie dir nicht gefallen würde. Soll ich aufhören?»

«Nein», sagte der König. «Das ist jetzt auch schon scheißegal. Erzähl weiter.»

«In dieser Halle», fuhr die Prinzessin fort, «standen lauter einzelne Zellen. Wie Duschkabinen, aber mit durchsichtigen Wänden. Runde Zellen ohne Türen, jede etwa so groß wie eine Litfasssäule. Eine neben der anderen, in langen, regelmäßigen Reihen. Die Durchgänge zwischen den Zellen waren gerade breit genug für den jungen Mann. Wenn er die Arme ausstreckte, konnte er auf beiden Seiten ihre Wände berühren. Sie waren angenehm warm.»

«Und in den Zellen?», fragte der König.

«Menschen», sagte die Prinzessin. «Schreiende Menschen mit schmerzverzerrten Gesichtern. Einigen von ihnen fehlten Arme oder Beine, oder die Gedärme hingen ihnen aus dem Leib. Andere schienen unverletzt, schrien aber trotzdem und krümmten sich unter Krämpfen zusammen.»

«Ekelhaft», sagte der König.

«Ja», sagte die Prinzessin, «das fand der junge Mann auch. Aber es wurde ihm, obwohl er sonst in solchen Dingen sehr empfindlich war, nicht übel davon. Zu seiner Überraschung merkte er sogar, dass er immer noch Hunger hatte.»

«Ich könnte auch etwas vertragen», sagte der König. «Ich habe den ganzen Tag nichts gegessen.»

«Die Aufregung», sagte die Prinzessin.

«Ich bin ganz ruhig.» Der König schlug mit der Faust auf die Matratze. «Ich bin nur wütend. Weil dieser Scheißprofessor keine Ahnung von seinem Beruf hat. ‹Kann›, sagt er zu mir. ‹Kann etwas Harmloses sein.› Kann aber auch nicht.»

«Die Leute in den Zellen», sagte die Prinzessin, «hatten nichts Harmloses. Es ging ihnen schlecht. Sie schrien, ohne heiser zu werden, und auch das brachte ihnen keine Erleichterung. Ihre Zellen hatten keine Türen, so dass man nicht zu ihnen gehen und ihnen helfen konnte.

Der junge Mann durchquerte auch diese Halle, die nächste, die übernächste und immer noch eine. In einer standen Laufgitter, auch wieder in langen Reihen, und in jedem saß ein alter Mensch auf dem Boden, ein Mann oder eine Frau. Als er zwischen ihnen hindurchging, lächelten sie ihm zu und streckten die Hände nach ihm aus. In der nächsten Halle waren dann wieder Betten, ohne Schläuche diesmal. Die Menschen, die darin lagen, schliefen friedlich. Dann kam eine Halle ...»

«Und noch eine und noch eine», unterbrach sie der König. «Das habe ich jetzt verstanden. Passiert auch einmal etwas anderes in deiner Scheißgeschichte?»

«Natürlich», sagte die Prinzessin.

«Dann mach dort weiter. Gewartet habe ich heute schon genug. Um zehn war ich bestellt, und bis er mich endlich gnädig drannahm, war es fast zwölf.»

«Das geht nicht nur dir so.»

«Noch einmal lass ich mir das nicht gefallen», sagte der König. «Nun erzähl schon.»

«Wie du willst. Als der junge Mann wieder einmal aus einem Gebäude kam und ganz automatisch nach links und nach rechts schaute, da war die Straße nicht so leer, wie sie es vorher jedes Mal gewesen war. Da war jemand.

An der nächsten Kreuzung verschwand eine Figur hinter einem der langgestreckten Gebäude. Er war ganz sicher, dass er sich das nicht eingebildet hatte. Oder doch fast sicher.

Beim Rennen machten seine Schritte ein hallendes Geräusch. Als ob der Boden aus Metall wäre und darunter ein hohler Raum. Er rannte, so schnell er konnte, und wurde dabei nicht müde. Aber das fiel ihm erst später auf.

Er kam zur Kreuzung und sah als Erstes, dass dort, genau in der Mitte der Straße, ein Handschuh lag. Jemand musste ihn an dieser Stelle deponiert haben, um einen Ort zu markieren, an dem er schon gewesen war.

Links, wo sich auch wieder Fassaden ins scheinbar Unendliche erstreckten, bewegte sich jemand von ihm weg. Ein Mensch. Der junge Mann schrie und gestikulierte und rannte.

Es war eine Frau. Sie hörte seine Schritte, drehte sich um und schaute ihm ohne Neugier entgegen. Eine junge Frau, etwa in seinem Alter. Ein altmodisches Kleid aus einem schweren braunen Stoff. Ein weiter Rock und ein Oberteil mit vielen Knöpfen. Klobige Schuhe.

‹Gott sei Dank›, sagte er. Er war nicht außer Atem, aber er stammelte vor Aufregung. ‹Gott sei Dank. Ich bin so glücklich, dass ich endlich jemanden getroffen habe.›

Die Frau wies mit einer Handbewegung auf die fensterlosen Gebäude, die sich in beiden Richtungen aneinanderreihten. ‹Hier gibt es viele Jemande›, sagte sie.

‹Jemand, mit dem man reden kann.›

‹Das will man nur am Anfang›, sagte die Frau. ‹Wie lange sind Sie schon hier?› Er wollte auf seine Uhr schauen, aber sie war stehengeblieben. Die Frau hatte die Bewegung beobachtet und nickte. ‹Ich sehe schon: noch nicht lange.›

‹Und Sie?›, fragte er.

‹Es war Herbst›, sagte sie. ‹Einer dieser späten heißen Tage. Kaiserwetter. Keine schwierige Tour, meinte er. Nicht, wenn man am Seil gesichert ist. Vielleicht ist es gerissen. Oder ein Stein hat sich unter meinen Füßen gelöst. Ich weiß es nicht. Natürlich nicht. Vielleicht war es ein Blitz. Obwohl da nirgends ein Gewitter war.›

‹Ich verstehe nicht›, sagte er.

‹Sie haben Zeit›, sagte die Frau. ‹Bis man es herausgefunden hat, hat man wenigstens etwas zu tun.›

Diesmal ließ sie sich nicht aufhalten. Ging an ihm vorbei, als ob er nicht da wäre. Er konnte ihr nur nachsehen. Auf der Kreuzung bückte sie sich und nahm den Handschuh auf. Dann war sie verschwunden.

Ein paar Tage lang begegnete ihm kein anderer Mensch. Vielleicht waren es auch Wochen. Er wusste es nicht, weil das Licht sich nicht veränderte. Es wurde nicht dunkler und nicht heller. Einmal versuchte er, die Zeit zu messen, indem er die eigenen Schritte zählte. Aber er kam beim Zählen durcheinander und gab den Versuch wieder auf.

Er wurde nicht müde, ganz egal ob er weiterging, sich hinsetzte oder auf den Boden legte. Er fühlte sich immer gleich. Nicht unangenehm. Nur ein bisschen Hunger hatte er die ganze Zeit.

Am Anfang betrat er immer mal wieder ein Gebäude. Nur am Anfang. Sie waren alle voller Menschen, die ihn nicht wahrnahmen. Eine Halle mit Gitterkäfigen, deren Insassen sich mit blutrünstigen Schreien gegen die Stäbe warfen. Eine andere mit Reihen von Badewannen, in denen lagen Männer und Frauen, auch Kinder, hatten die Köpfe unter Wasser und bewegten sich nicht. Nur manchmal zuckten ihre Arme und Beine. Und so weiter und so weiter. Bald ging er an den Eingängen achtlos vorüber.

Einmal kam er zu der Kreuzung, auf der sein Taschentuch lag. Er nahm es wieder mit und legte es woanders hin. Und ging weiter durch die leeren Straßen. Ohne müde zu werden, aber immer ein bisschen hungrig.»

«Und die Frau hat er nie mehr getroffen?», fragte der König.

«Irgendwann vielleicht», sagte die Prinzessin. «Ich weiß es nicht. Aber er traf jemand anderes. Viel später erst.»

«Mach's nicht so spannend», sagte der König.

«Wie du willst», sagte die Prinzessin. «Der Mann, der an einer Kreuzung plötzlich vor ihm stand, war ein dicker, fröhlicher Pfarrer. Ein weißes Kragenband und eine schwarze Soutane über einem runden Bauch.»

«Ein Pfarrer?»

«Warum nicht?», sagte die Prinzessin und erzählte weiter. «Der Pfarrer rülpste, hielt sich die Hand vor den Mund und sagte: ‹Verzeihung.›

‹Wo sind wir hier?›, fragte der junge Mann.

Der Pfarrer rülpste noch einmal. ‹Du musst mir verzeihen, mein Sohn›, sagte er. ‹Ich habe sehr gut gegessen.›

‹Wo?›

‹Es war eine Taufe›, sagte der Pfarrer. ‹Ein Stammhalter. Es gab Leberknödelsuppe und Schweinshaxe. Ich hatte mir gerade zum zweiten Mal genommen, als plötzlich ...›

‹Ich verstehe nicht›, sagte der junge Mann.

Der Pfarrer rülpste, lachte und rülpste noch einmal. ‹So oft habe ich davon gepredigt›, sagte er. ‹Aber so habe ich es mir nicht vorgestellt, das ewige Leben.›»

«Soll das heißen ...», sagte der König und richtete sich im Bett auf. «Soll das heißen: Sie waren im Himmel?»

«Du kannst es so nennen, wenn du willst.»

«Oder in der Hölle?»

«Wenn dir das Wort besser gefällt ... Auf jeden Fall war es die Ewigkeit. Der fröhliche Pfarrer erklärte es ihm. ‹Mit dem Tod ist es nicht zu Ende›, sagte er. ‹Es geht weiter. So wie es die Kirche schon immer gelehrt hat. Wir haben es uns nur falsch vorgestellt. Nach dem Tod verändert sich nichts mehr. Wir bleiben so, wie wir vorher gewesen sind. Nicht wie wir gern sein möchten. Wir kehren nicht zurück zum Höhepunkt unserer Kraft und unseres Könnens. Wenn wir alt sind, sind wir alt, wenn wir krank sind, sind wir krank. Die letzten paar Sekunden, das sind die Entscheidenden. Bei mir war es ein Hirnschlag, vermute ich. Mitten im Essen ein Hirnschlag. Ein schöner Tod.› Er rülpste wieder. ‹Nur der Magen drückt mich jetzt natürlich die ganze Zeit. Wie ist das bei dir, mein Sohn?›

‹Ich habe Hunger›, sagte der junge Mann. ‹Immer ein bisschen Hunger. Da war dieses neue Lokal, und ich ging über die Straße.›

Der Pfarrer nickte. ‹Dann wird es wohl ein Pferd gewesen sein. Von irgendetwas erschreckt und dem Kutscher durchgegangen. Du musst sehr glücklich gefallen sein, mein Sohn›, sagte er. ‹Dass es so schnell zu Ende war.›

‹Da war nirgends eine Kutsche. Nur Autos.›

‹Ach ja›, sagte der Pfarrer. ‹Diese neumodischen Maschinen. Wir sind Glückspilze, du und ich.›»

«Wo da das Glück sein soll, das musst du mir erklären», sagte der König.

«Gern», sagte die Prinzessin. «Es ist ganz einfach. Die wenigsten Menschen sterben, wenn es ihnen gerade gutgeht. Nur ein paar haben dieses Glück, und denen geht es dann auch im Jenseits gut. Vielleicht bleiben sie ein bisschen hungrig, so wie der junge Mann, aber so etwas wird dann auch nicht mehr schlimmer. Es hindert einen nicht daran zu tun, was immer man will. Solche Leute sind im Jenseits völlig frei und können machen, was sie wollen. Herumlaufen und sich alles ansehen.»

«In einer Scheißwelt voller Scheißlagerhallen?»

«Man kann nicht alles haben», sagte die Prinzessin. «Die Lagerhallen müssen sein. Die meisten Menschen kann man nach ihrem Tod nur noch aufbewahren. Wenn sie zum Beispiel in einem Krankenhaus sterben, an irgendwelche Geräte angeschlossen. Oder wenn sie ertrinken oder verbrennen. Dann ertrinken oder verbrennen sie eben im Jenseits weiter. Oder wenn einer im Krieg gerade auf einen Gegner losging ...»

«Das reicht», sagte der König. «Halt den Mund.»

«Die Geschichte ist noch nicht zu Ende», sagte die Prinzessin. «Der lustige Teil kommt erst.»

«Das ist mir egal», sagte der König. «Ich will den Schluss von deiner Scheißgeschichte gar nicht hören. Da kommt man her, weil man ein bisschen Ablenkung braucht, weil man einen schweren Tag hinter sich hat, und dann ...» Er saß jetzt wieder auf der Bettkante und schlug sich mit der flachen Hand gegen den Bauch. «Weißt du, was da drin ist? Ein schwarzer Fleck ist da drin. Ein Fleck auf dem Röntgenbild, und sie wissen nicht, was es ist. Nicht einmal der Professor mit seiner Wand voller Diplome. Und du erzählst mir solche Sachen. Von Lagerhallen und von Schläuchen. Kapier es doch endlich», schrie er. «Ich bin krank. Ich sterbe vielleicht.»

«Mach dir deswegen keine Sorgen», sagte die Prinzessin. «Ich bin ganz sicher, du bist unsterblich.»

Im Zimmer war es unterdessen dunkel geworden, und so konnte der König nicht sehen, dass sie lächelte. Sie wusste ja, wie die Geschichte geendet hätte.

Als er eingeschlafen war, zog sie sich an und ging hinaus. Im Treppenhaus hatte jemand die Glühbirnen aus den Fassungen gestohlen, aber sie kam trotzdem nicht ins Stolpern. Sie ging durchs Foyer, durch den Speisesaal und durch die Küche. Die Lieferantenpforte quietschte in den Angeln. Auf der Straße blickte sie noch einmal zurück. An der Fassade stand PALACE. Sie konnte die Buchstaben nicht erkennen, aber sie waren trotzdem da.